Affaire Jean Raizaud

Note du rapporteur (mai 1998)

Les textes qui constituent ce document sont extraits du registre folioté de l'année 1996 et couvrent les « comptes rendus quotidiens » pour la période du vingt septembre au trois novembre.

À ce registre étaient joints trois carnets foliotés portant respectivement les mentions : Famille, Étude, Immeuble.

Chacun de ces carnets est divisé en trois rubriques :

Mère, Père et Frère pour le carnet Famille,

Directeur, Secrétaire et Clercs pour le carnet Étude,

Voisin de palier, Concierge, Divers voisins pour le carnet Immeuble.

Sont portés dans chaque rubrique, sous forme de listes, les « commentaires » adressés au susdit par les intéressés.

L'ensemble des ces pièces, groupées dans un classeur portant la mention : « En témoignage de ma bonne foi », avait été spontanément versé au dossier de l'instruction par Jean Raizaud.

Vendredi 20 (vingt) septembre 1996
à 18 heures 30.

Nécessité m'est faite de revenir à mon registre pour rendre compte des fâcheux développements de la maladie de père. L'ordonnancement de mon quotidien était jusqu'à ce jour assez satisfaisant pour m'autoriser quelque relâchement dans mes écritures vespérales, ce d'autant que les fortes chaleurs de la mi-août les avaient rendues inconfortables. La transpiration, n'est-ce pas, qui entrave le glissement de la main. Aussi n'avais-je rendu compte, depuis le dimanche 18 (dix-huit) août où j'ai décidé de suspendre, que de la contrariété occasionnée par la livraison de mon nouveau réfrigérateur le matin du lundi 2 (deux) septembre.

Je ne puis dire qu'il me soit agréable de reprendre, non. J'avais trouvé avantage, par ces fortes chaleurs qui se perpétuent, à m'accorder quelque repos sur mon canapé dans le créneau horaire ainsi libéré. Mais je connais ma personne, à cette heure de la soirée surtout. Mes insomnies, bien sûr. Si tout n'est pas noté de ce qui échappe à l'ordonnancement de mon quotidien, je ne m'endors pas, c'est très pénible. Ou je m'endors, cela peut m'arriver par inadvertance, mais pour me réveiller en sursaut et trempé de sueur moins d'une heure plus tard. Toujours le même cauchemar : je dois témoigner et rien n'est écrit, aucune preuve n'existe de ma bonne foi, aucune trace qui puisse attester de mon innocence et le verdict tombe, invariable : la tête tranchée. C'est très pénible. Le temps de réaliser que ce n'est qu'un cauchemar, de vérifier que ma tête est en place sur mon cou et mon cou sur mon buste, le temps de me lever, de me bassiner et sécher, d'enfiler un pyjama propre, bref, tout ce qui doit se faire après qu'on s'est réveillé en sueur et voilà mon capital de sommeil écorné. Sans compter, une fois recouché, le désagrément de penser au pyjama sale que j'ai dû laisser en boule dans le bidet. S'il ne tenait qu'à moi, je mettrais aussitôt en route mon lave-linge comme par le passé mais mon voisin a trouvé à redire. « Faudrait voir, m'a-t-il semoncé, c'est le mot, à mettre la pédale douce sur vos branlettes nocturnes. » Comment pouvais-je comprendre qu'il évoquait les vibrations du tambour de mon lave-linge ? Il ne lui a pas échappé que j'étais pris de court. « Je plaisantais », m'a-t-il dit. Tout de même. Je ne crois pas avoir beaucoup apprécié. D'autant que, depuis, je dois endurer le désagrément supplémentaire de me recoucher en pensant à la sueur qui refroidit sur mon pyjama, à son odeur aigre, à la pullulation là-dessus des microbes. Le seul fait d'en parler m'incommode. Sans compter que, à attendre le lever du jour pour mettre en route mon lave-linge, il m'arrive de ne pas me rendormir. C'est très pénible. Parce que tout s'ensuit, n'est-ce pas : les effets de l'insomnie se font sentir sur mon travail sous la forme d'une sorte de distraction dont pâtissent mes automatismes comptables et, partant, la tranquillité propice au bon déroulement de mes soirées, donc de mes nuits. Tout se tient.

D'où la nécessité de revenir à mes témoignages écrits depuis que mon frère m'a informé de l'obligation, provisoire a-t-il précisé, d'assurer à tour de rôle le chevet de père. « Mais te frappe pas, frérot, a-t-il ajouté, c'est moi qui m'y colle pour cette nuit. Si t'as prévu de clôturer ta semaine par des galipettes, no problème. » Force est de convenir que le langage de mon frère ne s'est guère amendé. Tout de même. Me sommer d'assurer le chevet de père sans souci de l'ordonnancement de mon quotidien. Sans compter que, à peine m'avait-il raccroché au nez comme on dit, il a jugé bon de brancher son répondeur téléphonique de sorte que je n'ai pu obtenir le complément d'information que j'aurais souhaité.

Aussi ai-je pris sur moi d'appeler mère bien qu'il m'en coûtât. « Nous parlerons de tout cela demain », m'a-t-elle répondu.

Samedi 21 (vingt et un) septembre 1996
à 14 heures.

« Ah, te voilà enfin », m'a dit mère dans l'interphone avant même de me saluer, ce qui a eu pour effet de me déstabiliser. Je sonne à sa porte chaque samedi à onze heures trente précises, une fois terminé mon marché, et il arrive pourtant qu'elle m'accueille ainsi d'un « enfin » dont la signification m'échappe. Si toutefois elle avait la constance de s'y tenir, je n'y verrais pas à redire. Je suis même certain qu'un tel rituel me conviendrait, j'y gagnerais en tranquillité à l'instant de passer à table. Mère est imprévisible, c'est très pénible.

« Tu sais bien, lui ai-je rappelé, que je sonne à onze heures trente précises. » « Hélas oui, je le sais », a-t-elle soupiré. « Pourquoi hélas ? » ai-je demandé, à quoi elle a répondu que j'étais d'une constance désespérante. « Veux-tu, a-t-elle ajouté, que j'énumère par le menu le contenu de ton panier ? » Je me suis dispensé de répondre, ce qui ne l'a pas empêchée de poursuivre. « Un pain de campagne, cinq cents grammes de gruyère, une plaquette de deux cent cinquante grammes de beurre, quatre tranches de jambon blanc, deux de jambon de pays, trois œufs, sept tomates, sept pommes, sept bananes. » J'ai été assez satisfait de lui faire observer qu'elle avait oublié la laitue et les deux litres de lait demi-écrémé. À quoi elle a rétorqué qu'elle serait fort inquiète à son sujet si elle n'avait rien oublié. Mère est difficile à comprendre.

Une fois à table, j'ai eu quelque peine à aborder ma demande. Je ne suis pas à mon aise pour converser en général et moins encore en particulier. D'ordinaire, mère me facilite la tâche en se chargeant elle-même des questions et des réponses, ce qui m'autorise à garder le silence. Rien de tel aujourd'hui et j'ai dû prendre sur moi de faire l'ouverture. « Frédéric m'a téléphoné », ai-je fini par pouvoir dire en terminant le rôti. « Tiens, il parle ! » s'est-elle exclamée, ce qui m'a fort surpris. « Il ne parlait plus ? » ai-je donc demandé, pour m'entendre répondre que c'est moi que visait cette remarque. Il en va souvent de ces quiproquos pénibles quand je suis amené à converser, et pas seulement avec mère. Pourquoi user à mon sujet de la troisième personne et non de la deuxième alors que je suis en sa présence ? « Frédéric m'a informé, ai-je pris sur moi de poursuivre, de la maladie de père. »

Mère n'a rien dit, ce qui m'a déstabilisé. Elle ne reste jamais silencieuse lorsque la conversation tombe sur père. Depuis qu'ils se sont séparés, j'ai pris le soin d'inscrire, dans une rubrique de mon registre réservée à cette intention, les réflexions peu aimables qu'elle émet à son sujet, comme : « Ce vieux grigou » ou « Il crèvera étouffé par son fric » ou « Il finira par cracher au bassinet, crois-moi ». La vulgarité dont elle use à propos de père m'est très pénible. Mais elle est aujourd'hui restée coite jusqu'à la fin du dessert. Une tarte normande, ce qui n'a pas laissé de me surprendre. La tarte normande, que j'apprécie et dont je me souviens que mère la réussissait fort bien, est réservée au déjeuner du dimanche qu'elle prend avec mon frère. Aussi n'en avais-je pas bénéficié depuis mon départ de la maison à l'âge de dix-huit ans.

« Ton père est très malade », a-t-elle fini par dire en se levant de table. « Frédéric, l'ai-je corrigée, m'a dit qu'il était malade et non très malade. » « Que t'a-t-il dit exactement ? » s'est-elle intéressée. « Qu'un diabète était venu compliquer son état », ai-je répondu, et j'ai ajouté que cela ne me paraissait pas très grave, ni même grave. L'éclaircissement que je souhaitais, ai-je précisé, concernait les raisons qui avaient fait dire à mon frère que nous devions nous relayer au chevet de père. « Je ne vois pas, ai-je dit, que le diabète qui est une maladie ni très grave, ni grave, implique un chevet. »

À ce point de notre entretien, mère s'est servi un doigt d'armagnac, ce qu'elle n'avait jamais fait en ma présence, et je dois à la vérité d'avouer que, tout à mon étonnement, j'ai laissé échapper le début de son explication. Il n'est pas dans mon tempérament d'être indiscret, aussi ne l'ai-je pas questionnée sur ses nouvelles façons avec l'alcool, pas plus que je n'ai manifesté ma désapprobation. Mais tout de même.

J'ai pu saisir qu'elle parlait de sucre et d'acétone, le mot de coma a été prononcé et je me suis soudain senti abattu de ma personne. Tout cela était très pénible.

« Prends donc un peu d'armagnac, m'a proposé mère, ça te requinquera », et, bien que j'aie décliné son offre, je lui ai su gré d'une obligeance qui n'entre pas dans ses façons habituelles à mon égard. Je l'ai priée d'aller au bout de son explication, « en quelques mots, lui ai-je dit, un résumé suffira ».

« Ton père est déséquilibré », a-t-elle commencé. Je l'ai aussitôt interrompue pour lui signifier de ne pas poursuivre dans cette voie. « Je sais, lui ai-je dit, que tu t'y entends pour disqualifier père. » Je me dispense d'ordinaire de ce type de remarque par crainte de la contrarier mais l'heure tournait et je ne souhaitais pas repartir sans réponse. « L'heure tourne, ai-je dit, et je dois comprendre cette histoire de chevet avant de me retirer. » « Un rendez-vous galant ? » a-t-elle demandé, ce qui a eu pour effet de me bloquer. Cette question hebdomadairement réitérée m'est pénible. Aussitôt lui fais-je observer que l'heure de me retirer approche, puisqu'il me paraît convenable de l'en aviser, qu'elle évoque un rendez-vous galant. J'ai cependant été agréablement surpris de la voir aujourd'hui se reprendre d'elle-même, sans me laisser dans l'embarras comme elle le fait d'ordinaire. « Je ne disqualifiais pas ton père, a-t-elle dit, c'est son diabète qui est déséquilibré. » Je lui ai fait observer qu'il eût été plus simple de formuler dès le début correctement sa phrase pour éviter un quiproquo supplémentaire. « Pour ce qui est des quiproquos... » a-t-elle commencé, mais sans poursuivre sur cette voie.

« L'autre soir, ton frère a trouvé ton père à deux doigts du coma. Un miracle qu'il soit arrivé à temps pour lui faire son insuline. » J'ai prié mère de s'abstenir de commentaires et lui ai réitéré ma demande d'un simple résumé des faits. Ce à quoi elle s'est enfin pliée : « Aggravation soudaine du diabète paternel. Équilibrage délicat. Oscillations du trop au pas assez avec risque inhérent de coma, surtout nocturne. Conclusion : surveillance étroite du coucher au réveil. Rompez. » « Pourquoi rompez ? » ai-je demandé. « Je plaisantais », s'est-elle justifiée. « Je ne vois pas, ai-je dit, de quelle utilité je puis être dans cette surveillance nocturne. Que Frédéric se sente investi d'une telle responsabilité en sa qualité de médecin, je le conçois. Mais un comptable, pour le diabète, non, je ne vois pas. » « Frédéric, s'est-elle alors emportée, ne peut passer toutes ses nuits au chevet de votre père. » « Mon père, ai-je pris sur moi de rétorquer, est assez aisé pour faire appel aux services d'un infirmier », et nous en sommes restés là puisque l'heure était arrivée de saluer mère et de prendre le chemin du retour.

Samedi 21 (vingt et un) septembre 1996
à 16 heures 30.

Je me vois dans la pénible obligation de revenir à mon registre alors que je devrais en être à épousseter les meubles de mon séjour. C'est d'ordinaire pour moi une satisfaction que de me mettre à mon ménage hebdomadaire une fois terminées mes écritures du début de l'après-midi. Mais deux événements se sont produits qui ont contrarié mon emploi du temps.

À quinze heures vingt, alors que je commençais à récurer mon évier, mère a téléphoné pour dire qu'il était bien évident qu'on aurait recours à un infirmier de nuit. « L'arrangement que propose ton frère, a-t-elle précisé, ne durera que le temps de trouver un infirmier de nuit, ce qui n'est pas simple, vois-tu. » Je lui ai demandé pourquoi alors n'avoir pas évoqué plus tôt cet arrangement. « C'est que tu ne facilites pas la discussion », s'est-elle justifiée. « Je facilite, ai-je objecté, n'est-ce pas moi qui ai parlé d'un infirmier ? » Elle en est convenue et nous en sommes restés là.

À peine avais-je repris mon grattoir que le téléphone a de nouveau sonné. C'était Frédéric. Je n'ai pu m'empêcher de manifester ma contrariété à être ainsi dérangé alors que j'avais à faire. « C'est l'heure de la branlette, petit frère ? » m'a-t-il demandé. La nécessité seule de conserver une trace des faits et dires de chacun, les miens y compris, m'incite à passer outre l'embarras que j'éprouve à retranscrire ce genre de propos. « Il est vrai, s'est-il gaussé, que le temps se prête à sortir popaul. » On comprendra qu'il ne me soit guère agréable d'avoir affaire à mon frère. Je me garde toujours de lui répondre, mais tout de même. En tant que médecin, il devrait savoir se tenir. « Il paraît, a-t-il poursuivi, qu'on se défile ? On renâcle à assister son vieux papa ? On verrait peut-être d'un bon œil qu'il passe l'arme à gauche ? »

Je dois à la vérité d'avouer avoir été déstabilisé par ces paroles au point de faire fi de la courtoisie : j'ai raccroché en tremblant et n'ai pu que me laisser tomber sur une chaise, très abattu de ma personne. J'ai finalement pris sur moi de revenir à mon téléphone et de composer le numéro de Frédéric. Après l'avoir prié de m'excuser pour mon indélicatesse, je lui ai demandé en quoi je pourrais voir d'un bon œil le décès de père. « L'héritage, tiens ! » a-t-il répondu. Je l'ai assuré n'avoir nul besoin d'un héritage, au contraire. « Mon salaire est confortable, lui ai-je dit, je ne me prive de rien et ce me serait un désagrément que d'avoir trop d'argent à ma disposition. » « Ça te paierait pourtant de jolies petites poulettes », a-t-il commenté.

Cette conversation m'était de plus en plus pénible, aussi ai-je prié Frédéric d'en venir aux faits et d'exposer ce qu'il attendait de moi. Il attendait, m'a-t-il expliqué, que je le relaie une nuit sur deux auprès de père, le temps de trouver un infirmier. Je lui ai fait observer, comme à mère, qu'il n'avait pas parlé de l'infirmier lors de son premier appel. « C'était d'une telle évidence », s'est-il défendu, à quoi j'ai objecté que rien n'était évident avant que d'être clairement explicité. Nous sommes finalement convenus de nous retrouver ce soir même à vingt-deux heures chez père.

Tout cela me déstabilise beaucoup. Je ne crois pas être en mesure d'endurer de telles entorses à l'ordonnancement de mon quotidien.

Dimanche 22 (vingt-deux) septembre 1996
à 14 heures.

Je crois avoir assez donné à entendre combien il m'est dommageable de m'écarter de mes habitudes. Je ne vois d'ordinaire père que le dimanche entre onze heures trente et treize heures quarante-cinq. Dès lors que mère et lui s'étaient séparés, j'avais veillé à ne pas créer de disharmonie dans nos rencontres et avais annoncé que je déjeunerais avec l'un le samedi et l'autre le dimanche. « De préférence le samedi avec mère, avais-je proposé, puisqu'elle réside à deux pas du marché où je m'approvisionne. Chez l'un comme chez l'autre, avais-je précisé, j'arriverai à onze heures trente pour repartir à treize heures quarante-cinq. » « Après quoi tu iras tirer ton coup à treize heures cinquante-huit minutes et douze secondes », avait cru bon de commenter père. Si je prends sur moi de transcrire ce genre de détails, ce n'est que pour montrer combien ma famille se fourvoie sur ma personne. Je ne tiens pas à ce qu'il soit dit que, en tant que parents et frère, ils peuvent prétendre me connaître. La vérité est qu'ils me prêtent des façons qui ne sont pas les miennes.

Outre que je me suis trouvé déstabilisé à la perspective de passer la nuit chez père, je ne savais décider si je devais maintenir notre déjeuner dominical. Je m'efforce d'ordinaire de ne pas être confronté à ce type de dilemme qui a pour effet de désorganiser mes pensées. C'est une mécanique interne que j'ai du mal à comprendre et que je ne puis que subir. J'ai finalement pris sur moi de téléphoner à père pour lui exposer mon embarras et m'enquérir de son avis. « La nuit suffira », a-t-il dit, ce qui m'aurait sans doute soulagé s'il n'avait ajouté : « C'est déjà bien assez que je me sente si mal pour encore devoir te supporter plus que nécessaire. »

À ces mots, j'ai été pris d'un malaise qui ne m'évoque rien que j'aie connu et dont voici les caractéristiques : le plancher m'a semblé s'enfoncer sous mes pieds ; les murs de la salle de séjour où je me tenais ont paru s'animer d'un mouvement circulaire ; les objets autour de moi sont devenus troubles et vacillants ; mes oreilles bourdonnaient et j'avais envie de vomir. À mesure que ces signes inquiétants s'atténuaient, ma tête devenait douloureuse et comme serrée, en même temps que j'étais saisi d'un grelottement, c'est le mot. Je me suis péniblement rendu dans ma chambre où j'ai enfilé un chandail de laine alors que, je tiens à le préciser, la température extérieure était de vingt-huit degrés, puis j'ai mis de l'eau à bouillir pour me réchauffer avec un thé. C'est en prenant mon thé dans le séjour que, voyant se balancer au bout du fil le combiné du téléphone, les paroles de père me sont revenues en mémoire. Je n'ai pas eu la force de remettre aussitôt en place le combiné. J'étais très abattu de ma personne. Bien qu'il m'ait été de quelque réconfort de penser que, puisque père m'avait dispensé du déjeuner dominical, je pourrais mettre ce temps à profit pour m'acquitter de mon ménage sans que mon emploi du temps en pâtisse, je n'ai pas réussi à prendre sur moi de me lever de mon fauteuil, que je n'ai pu quitter jusqu'au soir.

Je n'ai pas trouvé davantage de confort dans mon bain que j'ai pris comme chaque jour de dix-neuf heures trente à vingt heures. Je m'y délasse d'ordinaire en des activités de calcul mental diversifiées, le plus souvent inspirées par les carreaux de faïence qui entourent sur trois côtés ma baignoire. Ou, en semaine, par quelque piège rencontré dans mes comptes de la journée et que j'ai eu la satisfaction de savoir déjouer. Or, ma demi-heure de bain s'est vue pour ainsi dire polluée par les paroles de mon frère et de père qui s'obstinaient dans mon esprit. « Tu verrais d'un bon œil, ne cessais-je d'entendre, que père passe l'arme à gauche », à quoi faisait écho « c'est déjà bien assez de te supporter », de sorte que mes propres pensées étaient comme encerclées, c'est le mot, par celles d'autrui, ce qui a eu pour effet de me mécontenter. Sans doute ce mécontentement de ma personne est-il la cause de ma première altercation avec mon voisin de palier, avec qui je m'étais jusque-là toujours gardé d'énoncer des paroles de nature à le contrarier.

Alors en effet que je quittais mon appartement pour aller honorer mes pénibles obligations envers père, je me suis trouvé à attendre l'ascenseur en sa compagnie, pas celle de père, celle de mon voisin de palier et de son sac-poubelle qui dégageait une odeur peu plaisante. Craignant de le froisser si je décidais tout soudain de renoncer à l'ascenseur pour emprunter les escaliers, j'ai pris sur moi de partager avec lui la cabine. Aussitôt a-t-il avisé la mallette où j'avais rangé mes affaires de nuit qu'il m'a adressé un clin d'œil ostentatoire. « On a rendez-vous avec une minette ? » a-t-il dit. Je ne nie pas l'avoir gratifié d'un regard peu amène, mais qui à mon avis ne justifiait pas qu'il ajoute : « À moins que ce ne soit un minet ? » Toujours est-il que, à mon effarement, je me suis entendu lui répondre : « Je ne vous permets pas. » Rien de plus, je l'affirme, que cela. Et bien que je regrette n'avoir pas eu la présence d'esprit, puisque la réplique était malheureusement sortie, d'ajouter « monsieur », ce qui eût tempéré mon propos, il me semble, après mûre réflexion, que ma réponse n'était pas inconvenante au point qu'il se rebiffe comme il l'a fait. « Faudrait voir à desserrer un peu les fesses, mon vieux, si on peut plus plaisanter entre hommes... » Tout de même. Je n'avais pas besoin de ce désagrément supplémentaire.

L'heure étant arrivée de me mettre à mes mots croisés dominicaux, je suspends ici ce compte rendu.

Dimanche 22 (vingt-deux) septembre 1996
à 18 heures 30.

J'ai sonné hier au soir chez père à vingt et une heures vingt-cinq, soit une demi-heure plus tôt qu'il avait été convenu avec Frédéric et je vais m'expliquer de cette avance.

J'ai coutume de me livrer à mes dernières ablutions vespérales à vingt et une heures trente et je tenais à faire entendre, en ne dérogeant pas à mes habitudes, qu'on ne m'en imposerait pas au-delà d'une certaine limite. Je voulais qu'il soit clair que j'étais libre de disposer de moi comme je le souhaitais et que même une contrainte aussi conséquente que celle d'assurer un chevet ne me détournerait pas de mes obligations envers ma propre personne. Aussi, et bien qu'il m'en coûtât d'user des sanitaires d'autrui, me suis-je enfermé dans la salle de bains aussitôt qu'arrivé.

Frédéric a sonné quand je finissais de brosser mes dents, en avance lui aussi sur l'heure de notre rendez-vous. Je l'ai entendu qui demandait courtoisement à père comment s'était passée sa journée. Sa prévenance n'a pas laissé de me surprendre. Il n'est pas dans les façons habituelles de mon frère, et ce bien qu'il soit médecin, de s'embarrasser de bonnes manières, tout spécialement envers père avec qui il s'est maintes fois brouillé. Des questions d'argent, bien sûr. Frédéric accumule les dettes et père s'est parfois vu dans l'obligation de se dessaisir d'un bien pour lui éviter la prison. « À l'allure où ton frère me pompe, m'avait-il dit le dernier dimanche d'août, je ne vais pas tarder à dormir sous les ponts. Il est plus que temps de fermer le robinet. »

Sur ces entrefaites je suis sorti de la salle de bains, mal à mon aise à l'idée de me trouver en la double compagnie de père et de Frédéric. Cette promiscuité m'était d'autant plus pénible que mes pensées étaient encore encerclées par les paroles désobligeantes dont l'un et l'autre avaient usé à mon égard. Sans compter que je n'avais pas eu la présence d'esprit d'emporter mon registre folioté, ce qui m'interdisait d'y revenir. Sur leurs paroles veux-je dire. Si l'un ou l'autre en effet s'était préparé à les renier, ou ne serait-ce qu'à les prétendre inexactes, je n'aurais pu prouver qu'elles avaient été prononcées, ce qui ne manquerait pas d'affaiblir ma défense. J'ai acquis avec les années une certaine expérience pour ce qui est de discuter avec mes proches. Je sais comment chacun d'eux compose avec la réalité et s'arrange pour esquiver les remarques fondées que je suis amené à émettre. C'est pourquoi je ne m'aventure plus à débattre sans l'appui irréfutable de mes écritures.

À peine m'étais-je avancé dans le salon que père m'a pris de court. « Frédéric », m'a-t-il dit en désignant mon frère de la main, puis, s'adressant à Frédéric et me désignant moi-même : « Jean ». « Je crois, a dit Frédéric, que nous nous sommes déjà rencontrés », sur quoi ils ont pris le parti de rire. J'avoue n'être pas à mon aise avec leurs façons. Il est arrivé que je demande à l'un ou à l'autre de m'en expliquer l'intention, mais pour toujours m'entendre répondre que je ne comprenais rien à la plaisanterie. Tout de même. Bien qu'il ne me vienne pas d'exemple à l'esprit, il me semble qu'il est des plaisanteries que je comprends.

Une fois effectuées ces présentations qui n'avaient pas lieu d'être, Frédéric m'a exposé les inconvénients du diabète de père et les soins à donner si besoin, d'une façon concise dont je lui ai su gré. À mesure qu'il parlait, je prenais des notes sur une feuille volante que je puisse garder à ma portée. Frédéric les a relues à ma demande, n'y a relevé aucune erreur et a accepté, non sans s'être fait prier comme on dit, d'accéder à ma demande d'apposer sa signature au bas de ces consignes. « La confiance règne », a-t-il commenté, sur quoi je lui ai fait observer qu'il ne s'agissait pas d'une question de confiance, mais de responsabilité. « Une lourde responsabilité, ai-je dit, puisque je crois avoir compris qu'il peut en aller d'un coma », et j'ai bien sûr demandé qui il conviendrait d'appeler en urgence pour pratiquer l'injection.

« Nous y voilà », a-t-il dit en regardant père. « C'est consternant, a dit père quant à lui, il n'a rien compris. » Et de fait, je n'avais pas compris qu'on attendait que je pratique moi-même l'injection. J'irais jusqu'à dire qu'il était exclu que je puisse le comprendre. « Tout de même, ai-je rétorqué, c'est à moi d'être consterné. L'apprentissage des techniques d'injection n'entre pas, que je sache, dans le cursus de comptabilité. » « Très drôle », a commenté père, tandis que Frédéric me gratifiait d'une bourrade qui m'a fait reculer vivement. Le contact corporel avec autrui m'est très pénible. « Que je sache », n'ai-je pu que répéter. « Cool, m'a dit Frédéric, c'est l'heure », et il m'a prié de bien l'écouter. « S'il arrivait, a-t-il dit, que père soit pris de malaise, il n'y aura pas un instant à perdre pour faire l'injection. » « Sauf, a dit père, si tu veux ton héritage avant l'heure. » Frédéric a lancé en sa direction un regard que je qualifierais d'appuyé. Il ne m'a pas échappé qu'il se préparait à prononcer des paroles qu'il a comme on dit ravalées. Quant à moi, j'ai eu la satisfaction de n'être pas cette fois sujet à un malaise en entendant les paroles déplacées de père. J'ai même pu lui répondre, pour ainsi dire du tac au tac, que je n'avais nul besoin d'héritage. « Mes revenus sont confortables », lui ai-je dit et j'ai ajouté que, n'ayant aucun goût pour gérer un patrimoine, aussi conséquent surtout que semblait l'être celui de père, le plus tard serait pour moi le mieux. « Dommage », a commenté père. « Pourquoi dommage ? » lui ai-je demandé, pour m'entendre répondre que ledit patrimoine était en effet assez conséquent pour m'autoriser, je cite père, à péter dans la soie jusqu'à la fin de mes jours. « Sans plus avoir besoin, a-t-il poursuivi, de te masturber avec ta calculette. » Tout de même. Je m'apprêtais à objecter qu'il n'entrait pas dans mes intentions de cesser le travail avant l'âge de la retraite quand père s'est déchaîné, le mot n'est pas trop fort, sur ma personne. La rigueur requise par ces comptes rendus me met dans l'obligation de rapporter quelques-unes des expressions dont il a usé à mon égard, même s'il m'en coûte de polluer mon registre de ces termes vulgaires. J'ai donc entendu de la bouche de père que je n'avais « pas de couilles » ; que je n'étais « qu'un sale petit pédé » ; un « trou du cul bouché », appréciation qui, soit dit en passant, me semble incompatible avec la précédente. Je dois porter au crédit de mon frère qu'il a tenté d'interrompre cette diatribe mais, à ce point, ma décision était prise. J'ai rangé dans ma mallette les quelques affaires que j'en avais déjà sorties et me suis dirigé vers la porte. « Bon vent », ai-je entendu dire père tandis que Frédéric se précipitait au-devant de la porte pour m'en barrer l'accès. La crainte seule de devoir entrer en contact corporel avec lui m'a fait reculer. « Tout de même, ai-je dit, je ne vois pas après cela que ma présence au chevet de père soit justifiée. » J'ai ajouté qu'il n'y avait pas lieu de le regretter puisque, de toute façon, il n'était pas question que je procède à une injection.

On peut constater que mes propos sont restés modérés en dépit des circonstances. Je ne souhaitais pas m'attirer l'animosité de mon frère dont je redoute les réactions. Non que le lien fraternel ait pour moi quelque valeur mais j'ai le souci de tenir ma personne à l'écart des altercations.

Toujours appuyé à la porte dont il me barrait l'accès, Frédéric m'a de nouveau prié de rester cool. « Père ne sait pas ce qu'il raconte, a-t-il dit, c'est l'heure de sa piqûre, il doit être en hyper et c'est ce qui le met de mauvaise humeur. » Puis il s'est tourné vers père et lui a demandé de me présenter ses excuses. « Excuse-toi auprès de Jean, a-t-il dit, tu sais bien que tu ne penses pas un mot de tout ça. » « Ça va, ça va », a grommelé père en guise de réponse. Frédéric m'a invité à regagner ma place. « Tu n'as pas le choix », a-t-il dit à l'intention de père. « Nous n'avons pas le choix », a-t-il répété en me regardant, et je tiens à porter à son crédit qu'il semblait aussi peu à son aise que je l'étais moi-même, ce qui ne lui ressemble pas. « Tant pis pour moi, a dit père, puis : messieurs, je suis entre vos mains. »

Frédéric m'a alors invité à observer comment il procédait pour l'injection, en m'assurant qu'elle ne présentait aucune difficulté. J'ai observé tout en écoutant ses explications et de fait, à seulement regarder, le geste m'a paru simple. N'eût été la nécessité du contact corporel qu'il réclamait, il me serait même apparu à ma portée. Je suis habile de mes mains et les travaux de précision ne m'effraient pas, loin de là. Je me charge moi-même d'entretenir et de réparer mes ustensiles ménagers par exemple, ou mes pendules, et je puis dire sans fatuité que mes collègues de bureau s'en remettent à moi pour toutes sortes de pannes. « Monsieur Jean, m'a complimenté récemment la secrétaire après que j'ai remis en état la photocopieuse, vous faites merveille avec vos mains. » Je ne cache pas que les applaudissements suscités par cette appréciation m'ont procuré une certaine satisfaction. Aussi va-t-il sans dire que la réalisation d'une injection sous-cutanée n'avait rien pour m'impressionner, hormis le contact corporel.

« Ça te paraît faisable ? » s'est inquiété Frédéric, à quoi j'ai répondu par l'affirmative. « Tant mieux, a dit père, ça me laisse une chance de m'en sortir. »

Vendredi 27 (vingt-sept) septembre 1996
à 14 heures.

L'occurrence exceptionnelle de ma garde à vue et de ma mise en examen du mardi 24 (vingt-quatre) à ce jour vendredi 27 (vingt-sept) septembre 1996 a interrompu le cours de mes écritures dont les dernières remontent au soir du lundi 23 (vingt-trois) septembre dernier.

> *Note du rapporteur*
> *L'essentiel de ces écrits du lundi 23 septembre étant repris dans ce qui suit, il n'a pas été jugé nécessaire de les reproduire.*

Les soupçons dont j'ai été l'objet autant que l'inexactitude des témoignages de mon frère et de mère lors des deux confrontations familiales m'ont convaincu de la nécessité de passer outre mon emploi du temps de fin de semaine pour me consacrer à un compte rendu aussi précis que l'autorisera ma mémoire.

Avec ces quelques jours de recul, je ne puis affirmer que, en répondant à mon frère que l'injection me paraissait faisable, j'étais certain de pouvoir si besoin la réaliser. Je n'ai en tout cas rien noté de cet ordre dans mon registre, où je ne transcris en règle générale que des paroles et des faits précis. Il me semble cependant me souvenir avoir répondu avec franchise à la question de Frédéric en n'ayant pas douté de ma capacité à faire l'injection. Aussi pénible me soit le contact corporel, il ne concernerait, avais-je observé, qu'une surface infime de peau, guère plus de trois ou quatre centimètres carrés, ce qui me le rendait envisageable, surtout dans l'urgence.

Il me semble aussi me souvenir avoir perçu une réelle inquiétude dans la question de Frédéric, et m'être soucié de ne pas contrarier son attente. J'admets avoir en ce sens présumé de mes capacités dans le but, sans doute, d'éviter une nouvelle altercation. Je n'avance pas cela à titre de preuve, mais plutôt à titre de pièce susceptible de renforcer la cohérence de mon propos dont je conviens qu'il peut passer pour peu sérieux puisque, de fait, je n'ai pu pratiquer l'injection le moment venu. Je ne voudrais pas qu'on m'accusât d'avoir été inconséquent en répondant à mon frère que l'injection me paraissait réalisable. Les informations médicales qu'il m'avait communiquées m'avaient convaincu de la gravité du diabète de père et j'avais conscience que sa vie était en quelque sorte entre mes mains le temps qu'il m'incomberait de le veiller. « Le temps, m'avait répété Frédéric en partant, que je trouve un infirmier de nuit, ce qui ne saurait tarder ». À quoi père avait objecté : « Une infirmière » et là, je me suis permis de donner mon avis :

« Infirmier ou infirmière, ai-je dit, le premier qui se présentera sera le bon. » Tout de même. Je ne tenais pas à me priver de mes habitudes et de mon sommeil plus que le minimum nécessaire. « Je parlais dans ton intérêt, m'a dit père en clignant de l'œil, une belle petite poulette, ça te tiendrait réveillé. » « Mon intérêt, ai-je rétorqué, est de dormir dans mon lit. » Sur ce, Frédéric nous a quittés.

J'avais conscience, ai-je déjà dit, de la réelle gravité du diabète de père et de cela je peux apporter la preuve écrite. Non que ce soit inscrit dans mon registre sous la forme que je viens d'énoncer, ce qui d'ailleurs n'eût rien prouvé. Mais deux pleines pages sont consacrées, en date du lundi 23 (vingt-trois) septembre dernier, à la relation de mes faits et gestes lors de cette première nuit de veille, où il apparaît que je me suis tenu éveillé la nuit durant. Il apparaît que, à deux reprises, me sentant m'assoupir, je me suis levé de mon fauteuil pour aller tamponner ma face d'eau fraîche, puis déambuler dans l'appartement jusqu'à ce que je me sente de nouveau hors d'atteinte du sommeil. Il apparaît que, hormis les quelques minutes consacrées au tamponnement de la face et à la déambulation, je me suis tenu dans le salon, sur le canapé qui fait face à la chambre de père, chambre dont la porte est restée ouverte de sorte que père fût constamment dans mon champ de vision. J'ai également noté m'être assuré toutes les quinze minutes, en m'approchant de son lit, qu'il respirait régulièrement et ne présentait aucun des symptômes alarmants mentionnés par mon frère. Toutes observations qui constituent en quelque sorte un tableau de surveillance des plus détaillés.

Pour ce qui est de mes autres activités durant cette première nuit de veille, j'ai porté sur mon registre la liste de mes lectures dont je ne reprends pas ici le détail. Dans ces lectures figure la feuille de route établie avec mon frère et sur laquelle je me suis repenché avec la plus grande attention. À cette occasion, je me suis interrogé plus avant sur la maladie de père, ce que je n'avais pas été en mesure de faire jusque-là, trop bousculé que j'avais été dans mes habitudes. Voici les fruits de ma réflexion tels qu'ils sont notés en date du lundi 23 (vingt-trois) septembre dernier sous forme d'une liste de questions à l'intention de mon frère :

— L'aggravation soudaine du diabète de père relève-t-elle d'un facteur particulier ? Si oui, lequel ?

— Frédéric a-t-il pris le conseil d'un spécialiste du diabète ? et je dois m'expliquer de cette question qui me semblait importante. Mon frère est proctologue. En dépit du peu de connaissances que j'ai de la discipline médicale en général et de la proctologie en particulier, je ne pensais pas que cette spécialité eût à voir avec le diabète. Il était donc permis que je m'étonne de ce que Frédéric prenne père en charge pour ainsi dire de lui-même, d'autant que, jusqu'ici, il avait toujours refusé de s'occuper des problèmes de santé de nos parents. « Il n'est pas question, l'avais-je par exemple entendu répondre à mère une fois qu'elle lui demandait un conseil pour ses migraines, que je m'occupe de vos pets de travers à père et à toi. » Et une autre fois où elle se plaignait, assez crûment d'ailleurs, d'une hémorroïde rebelle au traitement prescrit par son médecin généraliste : « Il ferait beau voir que je fourre mon doigt dans le cul de ma mère. » Bien que très mal à mon aise, je n'avais pu qu'approuver mon frère lorsqu'il m'avait pris à témoin. « Ce serait en effet inconvenant, avais-je dit, d'ailleurs, avais-je ajouté pour mettre fin à cette situation désagréable, il est déconseillé d'être soigné par un médecin de ses parents. » Sur quoi Frédéric avait promis de faire une exception pour moi si, je le cite, mon fondement s'échauffait. « Ça nous rappellerait le bon vieux temps », avait-il dit, sans que je comprenne en quoi. D'où ma troisième question :

— Quelle est la raison du revirement de Frédéric ?

— Quatrième question : une hospitalisation ne serait-elle pas indiquée ? Il m'était en effet apparu que père serait plus en sécurité à l'hôpital tant qu'on n'aurait pas trouvé un infirmier de nuit. À mesure que je réfléchissais, j'avais même trouvé étonnant que cette solution n'eût pas été envisagée d'emblée, y compris par moi. Il en allait non seulement de l'intérêt de père mais encore du nôtre, à mon frère et à moi, qui ne serions plus tenus d'assurer le chevet. Il avait fallu que je sois bien désorganisé, m'étais-je dit, pour que cette solution rationnelle m'ait échappé. Aussi m'étais-je promis de renforcer ma vigilance et de ne plus souscrire qu'à des propositions dont la logique s'avérât sans faille. Une telle disposition d'esprit impliquant bien sûr que je me garde de succomber à des faiblesses physiques comme cela avait été le cas le samedi après-midi précédent.

Bien que désorganisée par l'absence du déjeuner avec père, ma journée de dimanche m'avait apporté la satisfaction d'être en ordre avec mes notes et avec moi-même.

Sans compter le soin particulier que j'avais mis à mon ménage et la courte sieste que je m'étais accordée, après mes mots croisés, pour compenser ma nuit de veille. Il ne m'avait pas semblé mettre ce faisant en péril la nuit à venir, la comptabilité de mes heures de sommeil étant à cet égard rassurante.

Ainsi avais-je dormi jusqu'à dix-sept heures quinze pour ensuite sacrifier à ma promenade hygiénique dominicale de dix-sept heures trente à dix-huit heures trente. Bien que cela n'ait pas été mentionné dans mes notes du dimanche au soir, mon voisin de palier pourra si besoin en témoigner, qui est au fait de ce rituel et ne manque pas de m'en féliciter quand, par hasard, nous nous croisons à mon départ ou à mon retour. Ce qui fut le cas ce dimanche. « À ce que je vois, m'a-t-il dit, il vous en faut plus qu'une nuit de goguette pour vous couper les jambes. » Je me contente d'ordinaire de répondre à ce genre de commentaire par un vague hochement de tête mais ce jour-là, la satisfaction que j'avais à être en ordre avec moi-même m'a incité à honorer son compliment d'une plaisanterie : « Et pas seulement les jambes », lui ai-je dit, ce qui, pour une fois, l'a laissé sans voix. C'est pourquoi je ne doute pas que, si le juge d'instruction le fait convoquer pour un complément d'information comme il en a évoqué la possibilité, il se souviendra m'avoir croisé au terme de ma promenade du dimanche 22 (vingt-deux) septembre à dix-huit heures trente. Mon voisin de palier veux-je dire, pas le juge.

S'il advenait par ailleurs que le juge d'instruction accorde encore quelque crédit au témoignage de mère, je ne doute pas non plus que mon voisin de palier attestera, au souvenir de ma repartie que je qualifierais d'alerte, de la clarté de mon esprit. Témoignage qui serait de nature à contrebalancer les commentaires de mère quant à la conversation téléphonique que nous avons eue le lendemain lundi 23 (vingt-trois) septembre de dix-huit heures quarante-sept à dix-huit heures cinquante-huit.

Mère a en effet soutenu devant le juge d'instruction que je lui avais paru avoir l'esprit dérangé durant cette conversation. « J'ai pensé, a-t-elle dit, que la cause en était la perspective de la nouvelle nuit de veille qui l'attendait. Jean a toujours été très sensible au manque de sommeil. » Tels sont les propos que mère a tenus, en ma présence, lors de notre première confrontation auprès du juge d'instruction. Je lui en laisse d'autant plus la responsabilité qu'elle n'a pu évoquer avec précision les détails de notre entretien téléphonique. Alors que, pour ma part, je me souvenais mot pour mot de ce qui avait été dit et pouvais de surcroît en attester en renvoyant à la lecture de mes notes. Ma mémoire des conversations est aussi infaillible que celle des chiffres, et mère elle-même en est convenue par la suite. « Je ne nie pas, a-t-elle dit, que tu es doté d'une mémoire d'éléphant. » Il aurait de toute façon été fâcheux pour elle de le nier puisqu'elle ne pouvait donner aucun exemple du contraire.

Vendredi 27 (vingt-sept) septembre 1996
à 18 heures 30.

Je n'avais nullement l'intention, ai-je dit lors de cette première confrontation, de téléphoner à mère pour lui faire part de mes réflexions et de leur synthèse sous forme d'une liste écrite de questions. Ces questions ne devaient s'adresser qu'à mon frère que j'avais prévu d'appeler à vingt heures, soit bien avant la prise de sa garde au chevet de père. J'étais assez ennuyé, ai-je précisé, que mère se fût avisée de me téléphoner alors que je me livrais aux préparatifs de mon bain. Il m'est bénéfique de vaquer à ces préparatifs après ma journée de travail et sans doute mon voisin du dessous pourra-t-il témoigner de ce rite quotidien. Bien qu'il ne se soit jamais permis la moindre réflexion à cet égard, il ne peut manquer d'entendre, comme c'est le cas pour moi avec ma voisine du dessus, le bruit de l'eau qui se déverse dans la baignoire lorsque je la remplis, puis qui s'écoule dans la tuyauterie lorsque je la vide. La baignoire, pas la tuyauterie. Cependant, pour aussi dérangeante que fût la sonnerie du téléphone au milieu de mes préparatifs, il m'a paru que je ne devais pas l'ignorer comme je l'aurais fait par le passé. Il se pourrait, ai-je en effet pensé, que l'état de père ait empiré.

À ce moment de mon témoignage, Frédéric m'a interrompu : « Ce qui aurait bien arrangé tes affaires », a-t-il dit. « La seule affaire qui m'importait dans l'immédiat, ai-je rétorqué, était de prendre mon bain sans être dérangé. » Tout de même. Il m'était demandé de témoigner de mes faits et gestes de la journée du lundi 23 (vingt-trois) septembre, tout particulièrement des heures qui avaient précédé le début de ma garde au chevet de père, et je n'entendais pas être distrait par les commentaires de mon frère. « Mère, ai-je donc poursuivi, m'a dit vouloir s'enquérir de mon état avant mon départ chez père. Je lui ai répondu que mon état était d'autant meilleur que ce chevet serait le dernier. » « Tu ne veux tout de même pas, s'est-elle alors écriée, te défiler avant que Frédéric ait trouvé un infirmier de nuit. » J'ai répondu que non seulement je ne me défilais pas, mais encore que j'optais pour la seule solution qui répondît à la gravité du diabète de père : l'hospitalisation. « Il m'étonne d'ailleurs, ai-je dit, que ni Frédéric ni toi n'y ayez songé alors que c'est la seule solution rationnelle en attendant que se libère un infirmier de nuit. » « Que veux-tu dire par là ? » a demandé mère, sur quoi j'ai pris la peine de lui expliquer qu'un service hospitalier spécialisé était mieux à même que quiconque d'assurer la surveillance de père, et de pallier dans l'urgence les hyper et les hypo. « Ce n'était pas, a-t-elle dit, ce que je te demandais. Je te demandais ce que tu insinuais à propos de ton frère et de moi. » Comme il me semblait n'avoir rien fait d'autre que manifester un étonnement, un légitime étonnement, je n'ai pu éclairer mère sur ce point. Je lui ai fait observer qu'il était dix-huit heures cinquante-huit et que j'avais à faire. Nous en sommes restés là, et je ne vois pas que cette conversation puisse donner à penser que j'étais dérangé, comme l'a soutenu mère.

Ce même lundi, une fois avoir pris mon bain puis m'être restauré d'un bouillon de vermicelle, j'ai appelé mon frère à vingt heures pour lui soumettre mon questionnaire. Je savais devoir le rencontrer à vingt-deux heures trente à l'occasion de l'injection d'insuline mais il aurait été par trop indélicat de lui soumettre mon questionnaire en présence de père.

Lorsque Frédéric a soutenu que je falsifiais la teneur de notre conversation téléphonique, je me suis reproché de n'avoir pas consigné mes entretiens avec mère et avec lui avant que de partir chez père, alors que j'en aurais eu le temps. Le côté inhabituel de la situation, me suis-je dit, aurait dû me pousser à davantage de vigilance. Sans doute alors n'aurait-on pas douté de ma bonne foi lors de la première confrontation familiale. « Je vois, m'a fait en effet observer le juge d'instruction, que les conversations avec votre mère et votre frère dont vous faites état ne figurent pas dans votre registre. » À quoi j'ai tout de même objecté que le compte rendu en aurait été donné le lendemain mardi à dix-huit heures trente si je n'avais pas été placé en garde à vue. « Soit », a-t-il commenté en me gratifiant d'un regard que je qualifierais de neutre, ce dont je lui ai su gré. Tandis que mon frère esquissait de son côté une mimique peu amène qui n'a pas, m'a-t-il semblé, échappé à monsieur le juge.

Aussitôt obtenu mon frère au bout du fil, ai-je donc exposé, je l'ai sommé, c'est le mot, de conduire père à l'hôpital. « Tu t'en trouveras, lui ai-je dit, aussi soulagé que moi et même davantage, car la pratique de ton art me semble peu compatible avec des nuits blanches. » Autant en effet, ai-je expliqué à monsieur le juge, l'exercice de la comptabilité peut se reposer sur quelques automatismes et tolère de ce fait une vigilance moindre, autant l'art médical me paraît devoir nécessiter une attention de tous les instants. Frédéric a rétorqué qu'il n'était hélas pas envisageable d'hospitaliser père compte tenu de la grève des internes, que risquait d'aggraver incessamment celle des chefs de clinique. Et il est vrai, me suis-je justifié auprès de monsieur le juge, que l'existence de ces grèves m'était passée inaperçue. Je me garde de suivre les informations, qui me déstabilisent par trop. « Je suis cependant sur le point, m'a rassuré Frédéric, de conclure avec un infirmier, alors cool, c'est ta dernière nuit de corvée. » Et, de fait, ça a bien été la dernière.

Tout le temps du récit de cet entretien téléphonique et bien que je n'aie pas quitté monsieur le juge du regard, j'ai perçu que Frédéric s'agitait et protestait dans sa barbe. Non qu'il ait une barbe mais c'est l'expression convenue. Pourquoi ? Je l'ignore. Lorsque je me suis tu, il n'a pas su avoir la politesse d'attendre d'être invité à parler. « Je m'insurge, s'est-il écrié, contre ce tissu de mensonges. » « Votre frère conteste », m'a fait observer monsieur le juge, à quoi j'ai répondu que je ne comprenais pas. « Je ne comprends pas, ai-je plus exactement répondu, qu'il y ait à contester ce qui s'est dit. » « Mais ce n'est pas ce qui s'est dit, a crié Frédéric, c'est un tissu de mensonges », a-t-il répété.

C'était très pénible et j'avoue avoir mis du temps à comprendre que mon frère m'accusait de falsifier la teneur de notre entretien téléphonique. J'ai d'ailleurs suggéré que peut-être avait-il oublié, que, sans doute surmené par ses obligations auprès de père et de ses patients, il avait eu un trou de mémoire comme on dit, mais non, il affirmait être en pleine possession de sa mémoire. Il se souvenait parfaitement, a-t-il soutenu, m'avoir répondu que l'état de père ne justifiait pas une hospitalisation, et ne s'est pas fait scrupule d'exposer devant notre juge d'instruction l'argumentaire qu'il prétendait m'avoir servi.

« Comment alors, ai-je demandé lorsque la parole m'a été rendue, aurais-je été avisé de la grève des internes et de celle possible des chefs de clinique ? » À quoi il a répondu d'un ton peu amène que cette grève faisait la une des médias et qu'il aurait fallu être sourd et aveugle pour l'ignorer.

Samedi 28 (vingt-huit) septembre 1996
à 14 heures.

Avant de poursuivre le compte rendu en cours, je ne peux qu'exprimer ma satisfaction de disposer de ma fin de semaine en toute tranquillité. Sans les interruptions, veux-je dire, que requéraient mes déjeuners avec mère et père. Sans compter mon après-midi d'hier vendredi dont j'ai tiré grand profit.

Après que mère m'a fait savoir qu'elle ne souhaitait pas ma présence à sa table ce midi, ce dont je lui ai su gré en dépit des commentaires peu obligeants qu'elle a tenus à mon égard, je me suis accordé de suspendre mes écritures pour me pencher sur la sécurité de ma personne. Il ne m'a pas échappé que l'hostilité d'autrui à mon égard allait croissant, et pas seulement celle de mes proches comme on dit. Mon voisin de palier lui-même, ainsi que j'en rendrai compte tout à l'heure, a atteint un degré de nuisance tel que je me vois obligé d'envisager d'y mettre un terme. À mon voisin de palier veux-je dire. Bien que je n'aie pas pâti autant qu'a priori je le craignais de ma garde à vue et de ma mise en examen, je ne crois pas être en mesure d'endurer que mon quotidien soit plus longtemps mis à mal.

Les heureux développements de la mort de père attestent de la nécessité de pouvoir justifier de mes faits et gestes de tous les instants. N'aurais-je par exemple pris le soin de coller dans mon registre folioté l'original des prescriptions dictées et contresignées par mon frère que nul ne se serait avisé de la substitution. Ma parole seule n'eût servi de rien, j'ai bien vu le peu de cas qui en était fait par les représentants de l'autorité policière. Sans compter le reproche qui m'a été adressé par mon juge d'instruction de n'avoir pas transcrit en temps utile mes derniers entretiens téléphoniques avec mon frère et avec mère. En vérité, il s'en est fallu de peu. Mon registre aurait-il été volé ou détruit par quelque malveillance que rien n'aurait étayé ma bonne foi. Ma bonne foi n'eût-elle pas été étayée par le collage de l'original des prescriptions en bonne et due place dans mon registre folioté, j'aurais été tenu pour le responsable direct de la mort de père, c'eût été un raisonnement logique auquel moi-même n'aurais eu à redire, et le fait que ma main se soit refusée à pratiquer l'injection n'aurait rien changé car l'ordre donné à mon frère de s'exécuter émanait bien de ma personne. Non que je nie avoir trouvé quelque avantage à la suppression de père, mais tout de même. De là à la provoquer en personne, non, je ne serais pas allé jusque-là. Le contact corporel, n'est-ce pas. Aussi m'est-il apparu que je ne pouvais me reposer sur un exemplaire unique de mes écritures et ai-je décidé d'en établir des photocopies.

Une fois prise hier vendredi cette décision, je me suis accordé de modifier l'emploi du temps de mes dimanches en décidant de consacrer le créneau horaire libéré par la mort de père au rangement tournant de mes armoires et placards. Non qu'il me soit agréable de modifier mes habitudes mais le rangement est une activité de nature à clôturer plaisamment la semaine.

Samedi 28 (vingt-huit) septembre 1996
à 18 heures 30.

J'ai la satisfaction d'avoir paré au plus pressé, à savoir le photocopillage des notes de mon registre folioté de l'année jusqu'à la page cent vingt-deux en cours. J'en ai bien sûr surveillé de près la bonne marche. « Un roman ? » a commencé par s'enquérir l'employée de la maison de reprographie, à quoi je n'ai pas répondu. « Un roman d'amour ? » a-t-elle insisté, sur quoi je me suis permis de lui faire observer son manque de discrétion. Tout de même. « Vous gagneriez d'ailleurs, lui ai-je dit, à réserver votre attention aux numéros des pages, cela fait deux fois que vous manquez d'en sauter une. » « C'est pas à vous que ça doit arriver souvent, d'en sauter une », a-t-elle commenté et j'ai confirmé que non seulement cela ne m'arrivait pas souvent, mais encore que cela ne s'était jamais produit. « Au point, ai-je ajouté, que c'est à moi et à moi seul que mon directeur donne à photocopier les documents les plus délicats. » « Ça ne m'étonne pas », a commenté l'employée et nous en sommes restés là.

Une fois déposé ce premier lot de copies dans mon coffre bancaire, je suis allé passer commande d'un photocopieur puisqu'il est désormais exclu que je me satisfasse, fût-ce temporairement, d'un seul exemplaire de mes écrits. Assuré que je suis maintenant de ma sécurité, me voici donc en mesure de reprendre le compte rendu des faits inhérents à la suppression de père.

« Comment alors, ai-je demandé, aurais-je été avisé de la grève des internes et de celle possible des chefs de clinique ? » À quoi Frédéric a répondu que cette grève faisait la une des médias et qu'il aurait fallu être sourd et aveugle pour l'ignorer.

Si je tiens à répéter les termes de cet échange désagréable, c'est que l'effet en a été d'inciter mon juge d'instruction à se pencher sur les dates avec plus de soin qu'il n'avait été mis durant notre garde à vue. Non que je songe à accuser de légèreté les représentants de la police qui m'ont interrogé. Mais tout de même, l'évidence était criante pour peu qu'on prît soin de s'intéresser à la datation de la grève qui, selon mon frère, empêchait que père soit hospitalisé.

« Sourd et aveugle, ai-je dit à monsieur le juge, j'admets l'être, et de mon plein gré, car l'actualité a trop longtemps entravé mon sommeil. Au point, ai-je précisé, que, lorsque je passe à proximité d'un kiosque à journaux, je détourne le regard pour ne pas risquer d'être déstabilisé par les gros titres. Ainsi s'explique que je sois resté dans l'ignorance d'un événement aussi important que la grève des internes. » Je ne faisais en cela que répéter ce que j'avais avancé lors de ma garde à vue, sans songer le moins du monde que ce point pût avoir pour ma défense plus de valeur qu'un autre. Non que je mette en doute les capacités des représentants de la police à conduire un interrogatoire mais force est de reconnaître la supériorité en la matière du juge d'instruction. « Il se trouve, a-t-il dit en me regardant d'une manière que je qualifierais d'appuyée, que la grève à laquelle vous vous référez était terminée depuis dix jours le lundi où vous soutenez avoir eu cette conversation téléphonique avec votre frère. Conversation dont vous prétendez qu'elle est un tissu de mensonges », a-t-il dit en tournant alors son regard vers Frédéric. Sur quoi celui-ci s'est de nouveau insurgé : « Je ne prétends pas, j'affirme, et l'erreur de date que vous venez de relever me paraît aller dans mon sens. » J'ai observé que mère s'est agitée en entendant ces paroles et qu'elle continuait de s'agiter tandis que mon frère poursuivait : « Vous ne pensez tout de même pas que j'aurais pris le risque de tomber dans un panneau aussi grossier, non ? » « Alors comment se fait-il, lui a demandé monsieur le juge, que vous n'ayez pas relevé cette erreur lorsque votre frère l'a commise tout à l'heure en évoquant votre entretien téléphonique ? La grève dont il est question était récente, et vous étiez, de par vos fonctions hospitalières, bien placé pour en suivre les développements. »

« Développements » est le terme précis employé par le juge d'instruction au cours de ce qui était, je le rappelle, notre première confrontation familiale, celle-là même qui m'a valu de n'être pas inculpé. J'insiste sur ce terme dont la précision a eu pour effet de troubler mon frère, ce qui ne m'a pas plus échappé qu'à monsieur le juge, et mère elle-même s'est agitée plus encore sur sa chaise dans ce moment que je dirais crucial.

« Les... les développements ? » a répété Frédéric, et il ne m'a pas non plus échappé qu'il lançait à mère un regard que je qualifierais d'inhabituel chez lui, et que pourtant je savais lui avoir déjà vu. Mais ce n'est que quelques heures plus tard que, dans le calme de ma cellule, je me suis souvenu en quelles circonstances. Ainsi ai-je pu témoigner, lors de notre deuxième confrontation familiale, que j'avais vu à mon frère ce regard inhabituel lorsque je l'avais contraint à donner à père l'injection à laquelle ma main s'était refusée. Il m'a en effet paru important, lors de cette deuxième confrontation, de ne rien omettre qui pût aider mon juge d'instruction, d'ailleurs mon avocate m'avait encouragé en ce sens. « Chaque détail a son importance », avait-elle cru bon de me dire. Comme si j'étais homme à négliger les détails. Inutile de préciser que je n'étais pour rien dans le choix d'une avocate en général et de celle-ci en particulier, qui m'a été pour ainsi dire imposée dès le début de ma garde à vue. « Vous avez le droit, m'a-t-on d'emblée fait savoir, de vous faire assister d'un avocat », à quoi j'ai d'abord répondu que mes notes me suffisaient. « Mes notes sont assez précises, ai-je dit, pour faire en quelque sorte office d'avocat à elles seules. D'ailleurs il n'entre pas dans mes habitudes de me faire assister. Je me suffis depuis longtemps à moi-même, et ce dans tous les domaines », ai-je cru bon d'ajouter. « Ça se voit », m'a-t-il été répondu, sans que me soit cependant épargné l'argumentaire des avantages que m'offrirait un avocat « ne serait-ce, a-t-il été souligné, que pour vous informer dans un premier temps de vos droits ». Pour autant que je savais pouvoir me reposer sur mes notes, force m'a été de convenir que je n'avais aucune idée de mes droits, non plus d'ailleurs que de mes devoirs, en de telles circonstances. Aussi ai-je accepté l'assistance d'un avocat, lequel m'a été commis d'office, c'est je crois l'expression consacrée. Comment aurais-je pu deviner qu'on m'allouerait une femme ? Une jeune femme ? Tout de même. La situation de garde à vue était déjà assez pénible, n'est-ce pas, pour qu'il soit besoin d'en rajouter et l'on comprendra que, devant le fait accompli, je n'ai pu m'empêcher de faire observer qu'il avait été question d'*un* avocat. « N'aviez-vous pas parlé d'*un* avocat ? » ai-je fait observer, et il me semblait qu'appuyer ostensiblement sur le « un » était de nature à traduire mon mécontentement sans qu'il soit utile de développer plus avant. À quoi il m'a été répondu que cette femme répondait à l'appellation en question. Tout de même. Mais pour pénible que soit la situation, je ne tenais pas à impatienter les représentants de la police chargés de m'interroger par quelque remarque qu'ils jugeraient désobligeante. Après tout, me suis-je dit, ils ne font que remplir leur devoir à mon égard et sans doute ne leur appartient-il pas de décider du sexe des avocats commis d'office. Aussi me suis-je contenté de demander à cette jeune avocate d'être concise dans son exposé de mes droits et de s'en tenir au minimum nécessaire. « Pour le reste, lui ai-je précisé, je me suffirai à moi-même ainsi que je l'ai fait savoir à ces messieurs. » Il ne m'a pas échappé qu'elle haussait le sourcil mais, Dieu merci, elle a souscrit à ma demande. Tout de même. Une femme.

J'en reviens aux développements évoqués par le juge d'instruction lors de notre première confrontation familiale, celle qui a valu à mon frère d'être inculpé alors que j'étais pour ma part lavé de tout soupçon.

C'est avec la plus grande attention que j'ai écouté le récit desdits développements que bien sûr j'ignorais, n'étant pas dans les confidences de mon frère. À vrai dire, j'ignorais jusqu'à la nature de ses engagements professionnels dont une partie, ai-je alors appris, consistait en vacations hospitalières qui le mettaient en position de savoir très précisément, a insisté le juge d'instruction, quand avait pris fin la grève des internes. Et de savoir tout aussi précisément que les chefs de clinique n'avaient à aucun moment déposé de mot d'ordre de grève. Ce qu'entendant, Frédéric a haussé les épaules : « Bien sûr je le savais et c'est pourquoi je n'ai pu dire ce que mon frère prétend que j'ai dit. Quant au fait, a-t-il poursuivi, que je n'aurais pas relevé aussitôt l'évidence de son mensonge, je proteste. Je l'ai bel et bien relevée. »

Pour attentif que je fusse aux termes de cette discussion, je n'en ai pas saisi le fil tout de suite. En effet, alors que les développements évoqués par le juge d'instruction me paraissaient plaider contre moi, c'est à mon frère qu'il semblait s'en prendre en le mettant pour ainsi dire sur le gril et cette absence de logique m'était pénible au point que j'ai été pris d'une de ces faiblesses que je redoute. Je n'ai dû qu'à un grand effort sur moi-même de me ressaisir en disant que, pour ma part, je réaffirmais la véracité de mon témoignage. « Vous voyez bien, a dit Frédéric, qu'il se dégonfle comme une baudruche. »

« Il va donc falloir que vous expliquiez, a dit le juge d'instruction en se tournant à nouveau vers Frédéric, pourquoi votre mère a tenu en substance à votre sujet les mêmes propos que votre frère. Vous avez dit, a-t-il poursuivi en s'adressant cette fois à mère, avoir été appelée lundi soir par votre fils Frédéric. Je cite vos propos : "Frédéric m'a appelée vers vingt heures quinze pour me dire que je n'avais pas à m'inquiéter, qu'il venait d'avoir Jean au téléphone et que celui-ci avait dû s'incliner devant ses arguments." À l'inspecteur de police qui vous a demandé si votre fils Frédéric vous avait fait part des arguments en question, vous avez répondu : "Oui, Frédéric m'a dit avoir expliqué à Jean que la grève des internes entravait le fonctionnement des services hospitaliers où n'était plus assurée que l'admission des urgences." »

Je pense pouvoir me dispenser de transcrire la fin de cette confrontation. Il suffira de savoir que mère a vainement tenté de se dédire et que mon frère, se voyant en mauvaise posture, ne m'a pas épargné ses commentaires désobligeants.

Dimanche 29 (vingt-neuf) septembre 1996 à 14 heures.

La perspective agréable de rattraper aujourd'hui le retard accumulé dans mes comptes rendus s'est vue altérée par un incident que je dois à la vérité de relater, bien qu'il m'en coûte.

Alors que je me pensais en règle avec le nouvel emploi du temps du dimanche, il s'est trouvé que, à dix heures quarante-cinq, j'ai enfilé ma tenue de ville et suis parti en direction de chez père. Ce n'est qu'en approchant de sa résidence que je me suis avisé de mon erreur, ce qui a eu pour effet de me clouer comme on dit sur place. Je n'ai dû qu'à un grand effort sur moi-même d'exiger de mes jambes qu'elles me conduisent jusqu'à un mur où m'adosser. C'était très pénible. Sans compter les indiscrétions des passants dont aucun n'a manqué de s'arrêter pour m'interroger sur l'état de ma personne. Tout de même. Il était déjà bien assez que je ne puisse me fier à mes jambes pour n'avoir pas à endurer leurs questions.

Sans doute avais-je présumé de mes forces en pensant pouvoir mettre à profit sans délai le créneau horaire libéré par la suppression de père et il est de fait que, de retour chez moi, j'ai eu quelque peine à me concentrer sur mon placard de cuisine qui figurait en tête de mon programme de rangement.

J'en viens maintenant au compte rendu de mon retour chez moi après que j'ai été remercié de ma mise en examen avant-hier vendredi 27 (vingt-sept) septembre 1996 à onze heures quinze.

Lorsque le taxi m'a déposé devant la porte de mon immeuble, mon voisin de palier se trouvait attendre l'ascenseur. À ce sujet, du taxi veux-je dire, je tiens à préciser que j'utilisais pour la première fois ce moyen de transport, mes déplacements ordinaires se faisant à pied. Tout juste m'arrive-t-il, en cas de grosses intempéries, d'emprunter les transports en commun, ce qui ne me convient guère. La promiscuité, n'est-ce pas. Sans compter la curiosité dont je suis l'objet. Mais les désagréments dont je viens de faire état m'ont poussé à héler un taxi pour rejoindre mon domicile au plus vite et sans encombre. À titre exceptionnel bien sûr, car il n'est pas question, me disais-je tandis que je me faisais ainsi transporter, que ma nouvelle condition d'héritier vienne bousculer mes habitudes.

Il n'a pas échappé à mon voisin de palier que j'esquissais un demi-tour pour l'éviter mais ce n'est pas pour autant qu'il a choisi le parti de la discrétion. « Ah non, on ne se défile pas comme ça », a-t-il dit en se précipitant à ma rencontre, et la réserve dans laquelle je me suis d'abord tenu ne l'a pas empêché de me harceler de questions quant à ma mise en liberté. « J'ai été lavé de tout soupçon », ai-je fini par pouvoir répondre, en espérant que nous en resterions là. Il m'était déjà assez pénible d'apprendre que les circonstances de la mort de père avaient fait la une des journaux pour ne pas souhaiter passer inaperçu dans mon immeuble. « Cela signifie, ai-je cru bon d'ajouter, que l'affaire est close. » « Si j'ai bien compris, a-t-il alors rétorqué, ça va vous faire un joli petit magot, non ? »

C'est une fois franchi le seuil de mon appartement et tandis que j'en fermais la porte d'un double tour de clef que m'est apparue l'obligation d'en finir avec lui. Mon voisin de palier veux-je dire. Un joli magot. Tout de même. À peine de retour chez moi, après ce qu'il m'en avait coûté de me tenir sur mes gardes. Que je sache, j'ai consenti assez de sacrifices pour m'éviter l'animosité de mes voisins et je ne vois pas qu'ils aient des reproches à m'adresser. Hormis les cris que je pousse dans mon sommeil et sur lesquels je n'ai pas de maîtrise. Il me semble d'ailleurs que je suis le premier à en pâtir dans la mesure où ils me réveillent, ce qui n'est guère plaisant. « Croyez-vous qu'il soit plaisant pour moi d'être réveillé par mes propres cris ? » ai-je rétorqué à ma voisine du dessus le jour où elle est venue m'en faire grief. Venue, oui, une femme, chez moi, qui avait tout de go toqué à ma porte comme si nous étions de vieilles connaissances. Tout de même. « Nous n'avons pas, que je sache, gardé les cochons ensemble pour que vous vous permettiez de venir toquer à ma porte », lui ai-je fait observer avant même de savoir ce qui l'amenait. Tout de même. « Foutez le camp », ai-je été jusqu'à ajouter en claquant sur elle ma porte, et pense-t-on qu'elle s'est démontée ? La voisine du dessus veux-je dire, pas la porte. Même pas. « Pas avant, a-t-elle coassé sur le palier, de vous avoir dit que c'est vous le cochon, et si vous ne mettez pas vos orgasmes en sourdine, j'appelle les flics, moi ! » Comment pouvais-je comprendre qu'elle faisait allusion aux cris suscités par mes cauchemars nocturnes ? « Les flics ? » ai-je dit en rouvrant tout soudain ma porte, ce qui a eu pour effet de la faire reculer, la voisine du dessus, pas la porte, et se saisir à deux mains de la rampe d'escalier. Moins arrogante, ai-je eu la satisfaction d'observer, que lorsqu'elle s'était présentée sur mon palier. « Les flics ? » ai-je répété tandis qu'elle me priait, c'est le mot, de ne pas m'emporter. « Vous fâchez pas, vous fâchez pas, je venais seulement vous demander de crier moins fort la nuit parce que ça me réveille, c'est que je me lève tôt le matin », disait-elle en reculant dans l'escalier sans lâcher la rampe, plus arrogante du tout ai-je eu la satisfaction de constater tandis qu'elle répétait « vous fâchez pas, faudrait juste mordre votre oreiller au moment crucial », tout en s'enfonçant à reculons dans la cage d'escalier. Et nous en serions restés là si mon voisin de palier, alerté sans doute par les coassements de notre commune voisine du dessus, n'avait fait son apparition. « Eh bien, eh bien, a-t-il dit en empoignant mon épaule, on joue les Tarzan devant les dames à présent ? »

La situation était pénible, très pénible. D'autant que force m'était de constater que j'étais moi aussi descendu de quelques marches, dans l'escalier veux-je dire, et sans même m'en être aperçu, donnant sans doute à penser que j'avais en quelque sorte poursuivi la voisine du dessus. Ce que ne se fit pas faute de remarquer mon voisin de palier. « Mais je m'en voudrais, ajouta-t-il, d'interrompre vos conversations d'oreiller puisqu'il était question de cela, non ? » À quoi la voisine s'empressa heureusement de porter un démenti : « C'est moi qui m'en voudrais, dit-elle avec son arrogance retrouvée, d'avoir des conversations d'oreiller avec ce cinglé, mais c'est que j'en peux plus, moi, d'être réveillée chaque fois qu'il s'envoie en l'air. » « Ah bon ? Chaque fois qu'il s'envoie en l'air ? » enchérit mon voisin en retirant sa main de mon épaule, et je n'ai dû qu'à un grand effort sur moi-même de ne pas tourner à ce moment-là les talons. Cependant que la voisine rabâchait ses griefs : « C'est que monsieur, disait-elle en me désignant de l'index, crie comme un hystérique au moment crucial, et nos chambres communiquent, et je me lève tôt, moi, alors je lui conseillais de mordre son oreiller au moment crucial. » « Elle vous conseille de mordre votre oreiller », répéta mon voisin de palier en m'adressant un clin d'œil.

Cette situation était pénible au-delà de toute mesure. « Au moment crucial, je dors, finis-je enfin par pouvoir dire, ce qui est incompatible avec votre suggestion de mordre mon oreiller. » « Au moment crucial, il dort », insista mon voisin à l'intention de la voisine du dessus, ce dont je lui sus gré et qui eut pour effet de détendre l'atmosphère. Aussi me permis-je de conclure en expliquant que j'étais moi-même réveillé par mes cris et que cela était peu plaisant. « Vous devriez mettre des bouchons d'oreille, a conseillé mon voisin de palier à la voisine du dessus, je ne vois pas d'autre solution. »

Si j'ai jugé utile de recopier ces faits, relatés en date du 4 (quatre) mai dans le registre folioté de l'année 1995, ce n'est que pour témoigner de l'encerclement dont je suis victime dans mon immédiat environnement. Bien que je doive à la vérité de dire n'avoir plus été importuné par la voisine du dessus depuis cette date.

En même temps que je me faisais part de l'obligation d'en finir avec mon voisin de palier, je constatai que mon philodendron avait eu à pâtir de mon absence prolongée, ce qui m'a occasionné un léger égarement. J'avais en effet prévu de prendre dès mon arrivée un bain purifiant et je me trouvais dans l'obligation de surseoir pour m'occuper de mon philodendron dont les feuilles jaunies m'incommodaient. Sans compter celles déjà tombées sur le tapis. Je gagnerais en tranquillité, me suis-je dit, à me débarrasser aussi de mon philodendron. Ce que j'ai fait le soir même en le portant à mon concierge. « Vous nous quittez ? » m'a-t-il demandé quand je lui ai offert de prendre mon philodendron. Et comme je m'étonnais de sa question, il a ajouté : « C'est que maintenant que vous allez être riche comme Crésus, vous allez trouver que notre immeuble manque de standing. » Désireux de conserver avec lui des relations courtoises, je me suis empressé de lui répondre que notre immeuble me convenait parfaitement.

La satisfaction m'est enfin accordée d'être à jour de mes comptes rendus dans ce qu'ils avaient de plus pressé.

Dimanche 29 (vingt-neuf) septembre 1996 à 16 heures 30.

La lecture attentive de mes écritures des dernières quarante-huit heures a fait apparaître des omissions qui pourraient s'avérer fâcheuses quand il me sera demandé de témoigner lors du procès de mon frère. L'inquiétude que j'en ai conçue m'a poussé à sacrifier ma promenade dominicale afin que le temps ne me manque pas pour réparer ces oublis.

Note du rapporteur
Il n'a pas été jugé nécessaire de faire figurer ici le détail des notes qui suivent ce préambule. Elles n'apportent rien qu'on ne sache déjà quant aux faits, sinon la description minutieuse des paroles et actes ayant conduit à la mort de monsieur Jacques Raizaud par injection criminelle d'une dose massive d'insuline.
Ces notes seront portées à la connaissance du jury lors du procès de Frédéric Raizaud. Celui-ci en admettra la véracité, n'arguant pour sa défense que le

fait d'avoir effectué l'injection mortelle sous la menace, ce dont ne se défendra pas Jean Raizaud qui reprendra au mot près, à la barre des témoins, ce qu'il avait exposé lors de sa mise en examen : « J'ai en effet menacé mon frère d'en appeler à la police s'il ne pratiquait pas sur-le-champ l'injection qu'il m'affirmait être salvatrice et à laquelle ma main se refusait. Je dois à la vérité de dire que, le voyant perdre un temps précieux en argutie, je l'ai plus précisément menacé de l'étrangler de mes propres mains s'il ne pratiquait pas sur-le-champ l'injection. Ce qu'il a fait, non sans m'avoir gratifié d'un regard que je qualifierais d'étrange. »

Quant au descriptif, nous citons, « des conditions matérielles de la garde à vue et de la mise en examen », l'auteur des notes fait ressortir qu'il a trouvé :

« ... peu d'agrément à la garde à vue mais maint avantage à la mise en examen après les journées de désordre qui avaient précédé. Je ne peux que convenir avoir connu durant ces deux jours un état de tranquillité à vrai dire inattendu dans ces conditions dont l'éventualité avait été jusque-là l'objet de mes cauchemars nocturnes. Il est d'ailleurs notable qu'aucun cauchemar ne soit venu troubler mon sommeil tout le temps qu'a duré mon incarcération. »

Quant à l'issue de la confrontation familiale :

J'ai omis de préciser que mère elle-même a dû convenir de ma bonne foi devant monsieur le juge d'instruction. « Il est certain, lui a-t-elle dit, qu'il n'y a pas de faille dans ce que soutient Jean. Question logique, il est imbattable. » Je me suis permis de faire observer qu'il ne s'agissait pas là de logique, mais d'une relation des faits et paroles qui, de par sa fidélité, ne pouvait être prise en défaut. « C'est bien ce que je voulais dire », a confirmé mère. À quoi Frédéric a fait écho : « C'est bien ce qu'elle voulait dire », avant de constater : « On dirait que tu tiens ta revanche, petite sainte nitouche. » Phrase qui m'a laissé comme on dit de marbre.

Quant à la mort de Jacques Raizaud, ce commentaire :

Je ne nie pas avoir été quelque peu déstabilisé lorsque j'ai eu connaissance des dispositions testamentaires de père en ma faveur. Non que j'y aie vu, comme mon frère n'a pas manqué de le signaler au juge d'instruction, matière à détourner sur moi les soupçons, non. Tout de même pas. Mais j'ignorais que père avait testé en ma faveur. Il m'aurait été agréable de savoir avant sa disparition qu'il était mieux disposé à mon égard que je ne le pensais. Sans doute n'a-t-il pas apprécié mon peu d'empressement à assurer son chevet. Sans doute aurait-il souhaité que je fusse différent. Différent. Je ne puis dire mieux.

Dimanche 29 (vingt-neuf) septembre 1996 à 21 heures.

De me savoir à jour de mes comptes rendus jusque dans le moindre détail, il m'est venu une sorte d'audace qui m'a poussé à laisser de côté ma grille de mots croisés pour revenir à mon registre et prendre quelque avance sur les écritures de demain. Mon voisin de palier, bien sûr, dont je me dois d'argumenter les motifs de sa suppression.

La même audace s'est manifestée dans l'entretien téléphonique que j'ai eu à vingt heures avec maître Deloncle. Il a eu en effet l'amabilité de m'appeler pour d'abord me féliciter d'avoir été libéré, puis s'enquérir de mon état de santé. J'ai pu répondre que mon état était meilleur que jamais et que je serais à mon poste demain matin à huit heures trente comme si de rien n'avait été. « Tant mieux, Jean, tant mieux, m'a-t-il dit, nous étions perdus sans vous, Ida est infoutue d'aligner plus de trois chiffres sans faire une erreur. » « Comment voulez-vous qu'il en soit autrement, une femme, maître... » ai-je commenté d'un ton que je qualifierais de primesautier, à quoi il a répondu par un rire discret : « Décidément, Jean, vous avez raison, je vous trouve très en forme. »

Bien que je n'apprécie pas d'ordinaire d'être dérangé par un appel téléphonique, celui-ci m'a donné entière satisfaction. Il est heureux pour la bonne marche de notre étude, ai-je pensé, que maître Deloncle se soit enfin avisé de l'incompétence de cette fille. Ne tiendrait-il qu'à moi, elle aurait pris la porte depuis belle lurette. Pensez donc, une femme qui ne songe qu'à exhiber son anatomie et se peinturlurer la face dix fois par jour au vu et au su de chacun, qui laisse dégouliner ses mamelles quand elle se penche et qui ne manque aucune occasion de se rendre intéressante comme on dit. « Mademoiselle, me suis-je permis de lui dire un matin que nous attendions un client de marque, maître Deloncle risque de ne pas apprécier la tenue que vous avez choisi d'arborer ce matin. » Peut-on imaginer ce que cette créature a eu l'audace de me répondre ? « Oh, monsieur Jean, je suis tellement, tellement contente que vous ayez enfin posé vos yeux sur moi. » Moi. Poser les yeux sur elle. Tout de même. N'auraient été les rires complaisants de mes collègues, je ne m'en serais pas tenu là. Sans compter mon embarras lorsque maître Deloncle, qui venait s'assurer du bon ordre de ses bureaux en cette circonstance exceptionnelle, a cru devoir féliciter sa secrétaire : « Je vous sais gré, Ida, du soin que vous avez accordé ce matin à votre présentation. » Ce à quoi elle a répondu par une courbette des plus vulgaires avant de lancer en ma direction : « Je savais bien, monsieur Jean, que vous étiez un homme de goût. » « Ah bon ? s'est intéressé maître Deloncle, c'est Jean qui vous a conseillée ? Félicitations, mon cher. » Tout cela était très pénible, et je n'ai dû qu'à un grand effort sur moi-même de ne pas disparaître derrière mon bureau.

J'ignore comment il est possible qu'un fait somme toute aussi anodin que le compte rendu d'un entretien téléphonique détourne ma pensée des préoccupations du moment. De tels égarements me laissent mal à mon aise. Trop de données, suis-je obligé de constater, échappent encore à ma maîtrise et aussi grand soit mon souci de ne pas alourdir mes notes de pensées parasites, force m'est de convenir que le résultat n'est pas à la hauteur de mes objectifs. Ainsi ai-je repris mon registre à cette heure inhabituelle de la soirée avec pour visée de me concentrer sur mon voisin de palier. Plus précisément de dresser la liste de ses nuisances à mon égard et je n'ai pas encore écrit la première lettre de ce pour quoi j'ai dérogé à mes mots croisés. Cette fille, bien sûr. Me soupçonner d'avoir posé les yeux sur elle. Sans compter que je n'avais pas été épargné la veille par les conversations de bureau. Un tueur en série comme on dit dont s'ouvrait le procès à deux pas de notre étude. Comment se défendre des conversations de bureau, n'est-ce pas ? J'ai eu beau séjourner dans les lieux d'aisances plus qu'il n'était nécessaire, puis tenter de me concentrer sur mes colonnes de chiffres, les quelques détails narratifs auxquels je n'ai pu échapper ont suffi pour m'occasionner un malaise. « Vous vous sentez mal, monsieur Jean ? » s'est enquise la secrétaire qui n'avait pas été des dernières à contribuer, par ses évocations, à mon affaiblissement passager. Que n'a-t-il pu, ai-je alors pensé au sujet du meurtrier, étrangler aussi cette fille. Ne serait mon intolérance aux faits divers, j'aurais volontiers suivi le déroulement du procès de cet homme. Pour ce que j'ai pu en entendre et bien que j'ignore tout de lui, il me paraît avoir fait preuve de logique dans ses actes. Une série, n'est-ce pas. Sans doute aspirait-il à une quiétude difficile à atteindre tant que ses pas croiseraient ceux de ces créatures.

Ainsi de moi avec mon voisin de palier, j'y viens enfin, et sa manie de commenter mes moindres faits et gestes. Sans compter les contacts corporels dont il semble ne pouvoir se passer, et je ne dois chaque fois qu'à un grand effort sur moi-même de ne pas reculer lorsqu'il me tend sa main à serrer ou, pis, lorsqu'il la pose sur mon épaule ou sur mon dos. J'ai bien tenté, au début de notre voisinage, de me soustraire au moins à la poignée de main, rituel que je ne tolère qu'avec maître Deloncle dont la main est discrète et peu insistante. Alors que mon voisin de palier, c'est à croire qu'il ne veut pas lâcher la prise. Il lui arrive même de la prolonger tout en discourant, voire de frotter en même temps mon coude de son autre main, et comment me soustraire sans m'exposer à une altercation ? Mais de là à apposer mes doigts sur son cou comme a procédé, ai-je cru comprendre, le tueur en série, non, j'en serais incapable. Sans doute fallait-il que cet homme soit bien contrarié pour ne pas reculer devant une telle extrémité.

Et puisque j'ai pour objectif de récapituler la liste des nuisances de mon voisin de palier, autant commencer par les nuisances corporelles telles celles que je viens d'évoquer. La mention du numéro de registre et de page d'où elles sont extraites permettra si besoin de les replacer dans leur contexte.

Note du rapporteur
Suit ici la première des listes récapitulatives qui vont occuper une place de plus en plus grande dans les écrits de Jean Raizaud. Il serait d'autant plus fastidieux d'en faire ici état que les « nuisances verbales » relatées sont redondantes et, pour la plupart, présentes dans les extraits qui constituent ce rapport.

Lundi 30 (trente) septembre 1996
à 19 heures.

En entrant tout à l'heure dans mon appartement, j'ai eu de nouveau l'occasion d'observer combien sont nuisibles les manquements à l'ordre des choses : pas plus que je n'ai pu éviter hier que mes jambes se portent vers la résidence de père, je n'ai pu éviter de préparer la coupe d'eau que je versais chaque soir à mon philodendron. Sans doute le désagrément dont j'ai été victime à la fin de ma journée de travail n'y est-il pas pour rien.

Mais je tiens d'abord à relater les compliments qui m'ont été adressés ce matin dès mon arrivée au bureau. Non que j'y trouve matière à me rengorger, mais ils vont dans le sens de ce que moi-même je perçois de ma personne : un changement, c'est le mot. Il est de fait que ma garde à vue et ma mise en examen ont fait de moi un autre homme. Je suis allé jusqu'à m'accorder hier de prendre une tisane avant mon coucher, ce devant quoi j'avais toujours reculé jusqu'ici. Il était bien assez, du temps de mes insomnies, que je sois réveillé par des cauchemars pour ne pas prendre le risque de surcharger ma vessie.

« Jean, m'a dit maître Deloncle quand je me suis présenté à son bureau, je ne sais comment vous faites pour ne pas être affecté par les épreuves que vous traversez. » J'ai bien sûr gardé la discrétion en me contentant de répondre que la garde à vue et la mise en examen n'étaient pas des épreuves aussi désagréables qu'on pouvait le croire. « Je pensais surtout, a-t-il alors ajouté, à l'assassinat de votre père », ce qui m'a déstabilisé. « Tout cela n'est pas si désagréable qu'on peut le croire », n'ai-je pu que répéter, à quoi il a répondu qu'il me savait gré de mon courage et de ma dignité.

Mes collègues de bureau ont cru bon de me présenter leurs condoléances quant à la mort de père et à l'inculpation de mon frère qui avait fait, ai-je appris, la une du *Régional*. Puis ils m'ont fait à leur tour compliment pour le calme que j'affichais en ces circonstances. Je n'ai pas cru devoir me justifier comme je venais de le faire devant maître Deloncle. « Monsieur Jean, m'a dit alors la secrétaire, si vous avez besoin de quoi que ce soit, n'hésitez pas », à quoi j'ai répondu que je n'avais besoin que de pouvoir me remettre tranquillement à ma comptabilité. Tout de même.

La journée a passé sans encombre jusqu'à l'heure de la fermeture où j'ai eu la surprise, c'est le mot, d'être retenu par maître Deloncle. « Jean, m'a-t-il dit, je voudrais vous parler », insistant pour que je prenne place dans le fauteuil où il reçoit d'ordinaire nos clients. « Il me semble, a-t-il commencé, que vous prenez trop sur vous-même », à quoi j'ai répondu en toute franchise que, en effet, tel avait souvent été le cas. « Sans doute votre conscience professionnelle vous a-t-elle poussé à reprendre trop vite le travail, a-t-il poursuivi, mais sachez que je ne verrais pas d'inconvénient à ce que vous vous accordiez quelques jours de congés. »

Ces mots ont eu sur moi un effet très pénible que je dois m'efforcer de relater bien qu'il m'en coûte. Dans un premier temps, des larmes ont coulé sur mes joues, dont j'ignore la provenance. Aussi loin que remontent mes souvenirs, je ne vois pas que semblable désagrément se soit déjà produit, hormis lorsque les platanes libèrent leur pollen. Les bouleaux aussi, à un moindre degré. Simultanément j'ai été comme saisi de froid et mes dents se sont mises à s'entrechoquer sans qu'il soit en mon pouvoir de m'opposer à cette trépidation. Dans un deuxième temps et tandis que s'atténuaient ces manifestations embarrassantes, je me suis vu, je n'ai pas d'autre expression pour décrire ce phénomène étrange, en train de jeter à la tête de maître Deloncle la figurine de bronze qui agrémente l'angle gauche de son bureau. Cette vision, puisqu'il me semble devoir qualifier ainsi ce phénomène, s'est accompagnée d'une sensation physique peu plaisante à l'intérieur de mon abdomen et de mon thorax et je n'ai dû qu'à un grand effort sur moi-même, sinon de l'extirper, du moins de la comprimer. Dans un troisième temps, j'ai constaté avec satisfaction que mes larmes avaient cessé de couler et que mes dents ne s'entrechoquaient plus. J'ai alors tenté de me lever pour prendre congé mais en vain. J'étais comme cloué sur mon fauteuil, et ce constat m'a occasionné un de ces malaises dont je pensais être guéri et que j'ai déjà décrit en date du dimanche 22 (vingt-deux) septembre dernier. Durant ces trois temps, je n'ai été pour ainsi dire occupé que de moi, faisant bien involontairement fi des règles élémentaires de la courtoisie, ce dont j'ai prié maître Deloncle de m'excuser dès que m'a été rendue la parole. « Vous m'avez fait peur, Jean, a-t-il dit, il faut voir immédiatement un médecin, je vais vous conduire. » Je l'ai remercié et lui ai assuré que je n'avais nul besoin de consulter. « Ce n'était qu'un malaise passager », ai-je dit. « Vous prenez trop sur vous-même », a-t-il répété et nous en sommes restés là.

Je ne nie pas être contrarié par le retard que m'a occasionné cette entrevue et qui se trouve décaler d'une demi-heure l'ordonnancement de ma soirée. Sans compter l'impression défavorable que j'en ai conçue à l'égard de maître Deloncle. Tout de même. Se mêler de me dicter ma conduite. J'ai droit, que je sache, à mon libre arbitre dès lors que je ne lui donne aucun motif de se plaindre de mon travail, ce qui est le cas depuis le premier octobre 1976, date à laquelle j'ai pris mes fonctions de comptable dans son étude. Que je sache, il n'a jamais eu à déplorer le moindre relâchement de ma part tant au plan de l'assiduité que de la compétence professionnelle, et je crois utile de dresser ici un récapitulatif des compliments qu'il m'a adressés tout au long de ces vingt années.

Note du rapporteur
Suit la liste des commentaires approbatifs en question.
Puis :

Non que je refuse d'entendre le dépit d'un supérieur qui s'est trouvé privé des services de son comptable le temps d'une garde à vue et d'une mise en examen. Mais tout de même. Et pas plus qu'il n'a eu à se plaindre de moi depuis le premier octobre 1976 il ne peut me reprocher d'avoir failli aujourd'hui à ma tâche. Singulièrement compliquée, aurais-je dû penser à lui dire, par les bévues commises par sa secrétaire en mon absence. C'est votre secrétaire et non ma personne, aurais-je dû penser à lui dire, qui doit être écartée. Tout de même. Se mêler de me dicter ma conduite. Il va de soi que l'excellence des rapports que j'entretenais jusqu'ici avec lui ne m'avait pas préparé à entendre de tels propos. J'en prends acte. Je ne puis dire mieux.

Mardi 1er (premier) octobre 1996
à 19 heures 30.

Bien qu'il m'en coûte de commencer mes écritures à l'heure où il faudrait qu'elles soient terminées, je dois à la sécurité de ma personne de rendre compte des événements pénibles qui ont émaillé ma journée et qui ont eu pour effet, outre qu'ils me désorganisent, de retarder la suppression de mon voisin de palier.

J'ai d'abord eu la désagréable surprise d'être dérangé ce matin à dix heures vingt, à mon bureau, par un appel téléphonique de mère. À mon bureau. Tout de même. « Ne crois pas t'en tirer comme ça espèce de petite ordure », a-t-elle dit. Sur quoi elle a raccroché et je n'ai dû qu'à un grand effort sur moi-même de reposer le combiné téléphonique sur son support et de tâcher de conserver à ma face une apparence égale alors que j'étais très défait de ma personne. Tandis que je menais ce combat contre elle, ma personne veux-je dire, j'ai perçu qu'un silence s'était établi autour de moi, que je qualifierais d'hostile, et, de fait, le premier clerc n'a pas tardé à me dire que j'avais une sale tête. Sur quoi la secrétaire a enchéri : « Une très sale tête, monsieur Jean, vous ne pouvez pas rester comme ça. » Le soupçon m'est bien sûr venu d'une conspiration menée contre moi à l'instigation de maître Deloncle, aussi ai-je fait mine de ne pas prêter attention à ces commentaires discourtois. J'ai été jusqu'à prendre sur moi de déjeuner comme à l'ordinaire avec mes collègues de bureau. Mon absence à leur table, me suis-je dit, ne laisserait que trop le champ libre à leurs menées, c'est le mot.

Durant cette pause-déjeuner, il ne m'a pas échappé qu'ils me jetaient des regards en coin comme on dit et parlaient moins entre eux qu'ils ne le font d'habitude, ce qui est venu confirmer mon soupçon. C'est alors, je dois à la vérité de l'avouer, que j'ai induit contre mon gré un incident pénible. Ayant décidé de prendre sur moi d'adresser la parole à mes collègues de bureau avec pour intention de m'étonner de leur peu d'allant, je n'ai pu qu'énoncer : « Vous ne me faites pas peur », ce qui m'a plongé dans un grand embarras. Ce genre de dérapage verbal ne s'était jamais produit jusqu'ici qu'avec mes proches.

Ces paroles, énoncées, je le répète, contre mon gré, ont été accueillies par un silence de mort, c'est le mot, qui n'a fait qu'accroître mon malaise. « Ce n'est pas ce que je voulais dire », ai-je réussi à articuler. « Mais c'est ce que vous avez dit », a rétorqué la secrétaire en se levant de table. Attitude dont, pour une fois, je lui ai su gré dans l'embarras où je me trouvais. J'ai perçu que le deuxième clerc esquissait le geste de se lever comme pour emboîter le pas à la secrétaire, et que le premier clerc le faisait se rasseoir d'une pression de la main sur son épaule. J'avais beau être dans l'embarras, rien de ce petit jeu ne m'a échappé. « Jean, a dit le deuxième clerc, vous n'êtes pas dans votre état normal. Pouvons-nous faire quelque chose pour vous aider ? », proposition qui a eu sur moi un effet déplaisant. J'entretiens d'ordinaire des relations courtoises avec le deuxième clerc que je tenais jusque-là pour un homme réservé et doux, c'est le mot. Fort discret en tout cas en dépit de son jeune âge. Il est même arrivé plusieurs fois que nous fassions un peu de chemin ensemble à la sortie du bureau et je n'en étais pas dérangé outre mesure. Aussi n'ai-je pas apprécié son intervention, sans toutefois pouvoir y répondre par quelque parole bien sentie. Nous en sommes donc restés là. Mais j'avoue n'avoir pas prêté à mes opérations comptables de l'après-midi l'attention qu'elles méritaient et je tiens à porter cette distraction inhabituelle au rang des effets néfastes qu'exerce mon environnement sur ma personne.

Je ne puis nier avoir été quelque peu distrait sur le chemin qui mène de mon bureau à l'arrêt de bus où j'avais prévu d'attendre mon voisin de palier pour le supprimer. J'occupe d'ordinaire ma sortie de bureau à un récapitulatif des faits et paroles ayant émaillé ma journée de travail, récapitulatif qui prépare en quelque sorte mes écritures de la soirée. Or mon cerveau s'est aujourd'hui comme soustrait à cette activité, tournant pour ainsi dire à vide tandis que je percevais être épié. Épié. Je ne puis dire mieux. Aussi m'a-t-il semblé préférable de surseoir. Quant à mon voisin de palier veux-je dire.

Je me dois à présent de relater l'événement pénible qui s'est produit lorsque, une fois composé le code d'entrée et franchie la porte vitrée du hall d'accueil de mon immeuble, je me suis trouvé devant la loge de mon concierge. À qui, je le rappelle, j'avais donné mon philodendron, sans contrepartie aucune, je tiens à le préciser. La vue des feuilles jaunies m'avait été assez désagréable pour que je fusse convaincu de n'en plus vouloir chez moi. Sans doute est-il possible que l'état d'insécurité de ma personne ait été pour quelque chose dans le fait que, sur un mouvement incontrôlable, c'est le mot, j'ai sonné à la porte de la loge. Ce qui ne m'était arrivé qu'une fois en douze années, celle où justement je suis venu déposer mon philodendron. Un mouvement incontrôlable, je ne puis mieux dire. Qui m'a fait sonner à la loge de mon concierge qui se trouve être un homme. Un veuf. Mon immeuble a ceci de particulier que, n'étant constitué que de studios et d'appartements de type un, il héberge pour l'essentiel des personnes seules. Ce pour quoi mon choix s'était arrêté sur lui lorsque je me suis mis en quête d'un appartement. Sans compter l'avantage non négligeable sur l'immeuble mitoyen, qui lui est jumeau, que le concierge en était un homme. Déjà veuf.

« Vous venez dire bonjour à votre plante ? » m'a demandé mon concierge, ce qui m'a plongé dans un grand embarras. En vérité je ne saurais dire, encore maintenant, ce qui a poussé mon index à se porter vers le bouton de la sonnerie dans un premier temps et, dans un second temps, à le presser. Je crois en effet me connaître assez bien pour savoir que, une fois arrivé à la porte de mon immeuble, je n'aspire qu'à regagner mon appartement en souhaitant éviter de croiser quiconque. « Entrez donc, il est là », a poursuivi mon concierge en désignant mon philodendron.

J'éprouve quelque gêne à évoquer ce qui a suivi tandis que mon concierge exposait avec quel soin il avait rafraîchi mon philodendron. Quelque chose s'est développé en moi que je comparerais, faute de plus de précision, à une dilatation de mon sternum, puis de ma gorge, une sorte de vague pourrais-je dire, ou plutôt de raz de marée puisque la force en était telle que je n'ai pu empêcher que sortent de ma gorge ainsi dilatée des sons inconnus de moi, plus rauques que ceux que j'émets en parlant. Il m'est très pénible de décrire ce phénomène qui s'exerçait en des secousses échappant à mon contrôle, alors même que j'avais conscience de l'incongruité de la situation. Cependant que mon concierge me saisissait aux épaules sans que je songe à me défendre de son contact, me poussait vers un fauteuil, me servait un verre d'eau fraîche et m'encourageait à pleurer tout mon soûl, c'est tout ce que je retiens de ses mots qui parvenaient à mes oreilles comme étouffés par une cloison. Et il est de fait que, pour la seconde fois en deux jours, j'ai constaté que des larmes s'échappaient de mes yeux, plus abondantes que la veille et dont l'écoulement semblait ne pas vouloir cesser.

J'ignore comment je me suis enfin retrouvé à la porte de mon appartement, précédé par mon concierge qui portait le philodendron dans ses bras. Toujours est-il que celui-ci a retrouvé sa place dans mon salon et que la tranquillité m'est revenue aussitôt mon concierge a-t-il tourné les talons. Je n'irais pas, bien sûr, jusqu'à penser que le retour de mon philodendron ait été pour quelque chose dans la normalisation de mon état. Non. Tout de même. Mais il est de fait que la tranquillité m'est revenue.

Mercredi 2 (deux) octobre
à 18 heures 30.

> *Note du rapporteur*
> *Des écrits de ce jour ne seront retenus, pour éviter les redondances habituelles, que les extraits qui suivent :*

Je ne puis que me féliciter d'avoir eu la prudence de surseoir hier mardi à la suppression de mon voisin de palier. Outre que j'ai acquis la conviction d'être l'objet d'une surveillance étroite, c'est le mot, dès lors que je quitte mon immeuble ou mon bureau, je me suis avisé avoir manqué de rigueur en dressant les listes de nuisances dans le tout-venant de mes comptes rendus, de sorte que la place ne m'est plus laissée pour les compléter au jour le jour. Afin d'éviter les retombées fâcheuses d'une telle inconséquence si je venais à être inquiété ainsi que je l'ai été après la suppression de père, j'ai fait l'achat de trois petits registres foliotés en cent soixante-dix par deux cent vingt dont l'attribution sera la suivante.

Ici les mentions figurant sur les carnets et qui ont été portées en préambule de ce rapport.

Plus loin :

Pour parer au plus pressé, je me suis consacré à la seule liste des commentaires de mon voisin de palier, dont on constatera qu'ils sont à ce jour au nombre de quatre-vingt-quatorze, ce qui me paraît justifier amplement la nécessité de faire disparaître leur auteur. Je crois avoir fait preuve jusqu'ici d'assez de correction à son égard pour ne pas craindre d'être plus inquiété que je ne l'ai été au sujet de père.

Ces mots sont les derniers inscrits en date du mercredi 2 octobre 1996. Les écrits du lendemain jeudi 3 octobre 1996 à 19 heures 25 se résument à cette phrase :

Il m'a été ce soir une grande satisfaction que de revenir à mon domicile en sachant ne plus devoir être importuné par mon voisin de palier dont la suppression s'est faite pour ainsi dire d'elle-même, ce dont je ne puis que me féliciter eu égard à mon horreur du contact corporel.

Vendredi 4 (quatre) octobre 1996
à 18 heures 30.

Je dois avant tout m'expliquer de la brièveté du compte rendu de ma journée d'hier dont l'ordonnancement a été quelque peu perturbé. Je maintiens néanmoins le terme de satisfaction employé pour qualifier l'état de ma personne à mon retour chez moi. Il serait malséant de ne retenir de mon dernier contact avec mon voisin de palier que la contrariété d'avoir vu ma soirée amputée de cinquante-cinq minutes, bien que ce retard lui soit imputable. Je ne saurais en effet lui tenir grief de ses horaires de travail, même si je dois à la vérité de dire qu'il m'a été pénible de devoir l'attendre à sa sortie de bureau devant un kiosque à journaux. Comment éviter de voir les photographies et les gros titres quand je ne pouvais faire autrement que lever les yeux pour guetter l'arrivée de mon voisin ? Il n'était question que du procès du tueur en série dont le portrait tapissait pour ainsi dire une façade du kiosque. Sans doute cet homme jugerait-il cette publicité très pénible si elle venait à sa connaissance. C'est déjà bien assez, n'est-ce pas, qu'il ait eu à apposer ses mains sur la gorge de créatures pour qu'il soit besoin de rajouter à son inconfort.

Aussitôt arrivé à mon appartement, je me suis accordé d'anticiper de trente-cinq minutes sur l'heure de mon bain. Non que ma personne eût eu à se frotter à celle de mon voisin de palier dont la suppression, ainsi que je l'ai mentionné hier dans mon bref compte rendu, s'est réalisée d'elle-même. Par l'intervention, veux-je dire, de ma seule volonté. Mais je n'ai pu éviter d'être au contact d'autrui dans la cohue suscitée par la collision du bus avec mon voisin et je dois maintenant à la vérité de rapporter les manifestations inhabituelles dont j'ai été l'objet à l'occasion de ce bain anticipé. Avant de m'immerger, j'avais bien sûr pour projet de longuement savonner mes mains, puis mon cou et mon visage lorsque j'ai été pris d'une érection assez vive pour m'obliger à me soulager sur-le-champ. Je ne sacrifie d'ordinaire à cette opération d'hygiène qu'à la fin de mon bain, de sorte à pouvoir me rincer d'un jet de douche avant de quitter ma baignoire. Me sachant pointilleux en matière de purification, je m'étonne de n'avoir pas eu de scrupule à user de ma main souillée par la cohue et de n'avoir pas songé aux effets fâcheux qui pourraient en résulter. Il me semble au contraire avoir éprouvé une satisfaction toute particulière.

Mes prévisions quant au déroulement de la soirée me garantissaient disposer de quinze minutes pour mes écritures, ce qui devait tout de même me permettre d'écrire plus qu'une simple phrase. Il s'est malheureusement trouvé que, au sortir de mon bain et à peine enfilée ma tenue d'intérieur, le concierge a toqué à ma porte en se faisant connaître d'une voix que je qualifierais d'agitée. N'eût été son insistance à me réclamer de lui ouvrir, j'aurais fait fi de sa présence sur mon palier et mon programme eût été respecté. D'autant qu'il ne venait, ai-je appris, que pour m'annoncer le décès de mon voisin. « Votre voisin de palier, m'a-t-il dit dans une grande agitation, est passé sous un bus. » J'ai bien sûr demandé en quoi cela me concernait, question qui a paru l'embarrasser. « Il est mort », a-t-il fini par dire, ce à quoi je n'ai su que répondre. « Vous avez entendu ? a-t-il insisté, je vous dis qu'il est mort. » N'ayant pas la moindre idée de ce qu'il attendait de moi, je n'ai pu que rester silencieux. Cette situation était très pénible. « C'est tout l'effet que ça vous fait ? » s'est enquis mon concierge, à quoi j'ai répondu honnêtement que oui. « Mon voisin de palier, ai-je même ajouté, n'ayant jamais été aimable avec moi, je ne vois pas que sa disparition puisse me déranger, au contraire. » « Vous êtes vraiment un type bizarre », a conclu mon concierge avant de s'en retourner. Tout de même. Ce qualificatif de bizarre ne me paraît pas devoir s'appliquer à un homme qui n'exprime rien que de vrai. Tout de même. Sans compter qu'il ne m'a guère été agréable de constater que nous avions séjourné six minutes sur mon devant de porte et ce pour l'essentiel en nous regardant sans mot dire. Il ne faudrait pas, ai-je pensé, que cet individu s'autorise des privautés sous le prétexte qu'il a hébergé mon philodendron. Il est, que je sache, rémunéré pour se tenir dans sa loge à la disposition des occupants de l'immeuble et non pour venir les importuner chez eux. Un concierge, tout de même.

Vendredi 4 (quatre) octobre 1996
à 21 heures.

Pour autant que la brièveté de mon compte rendu d'hier ait relevé d'une conjoncture particulière, les conséquences qui pourraient s'ensuivre si je venais à être inquiété m'ont convaincu de la nécessité d'un changement de *modus vivendi* dont je me suis aujourd'hui ouvert à maître Deloncle. Le photocopillage de mes comptes rendus quotidiens et la tenue de trois registres supplémentaires sont venus conférer à mon écriture une importance nouvelle et les créneaux horaires libérés par la suppression de père et le retrait de mère ne suffisent plus à ma tâche. Force m'est encore d'empiéter sur mes obligations de fin de soirée pour rendre compte des événements de ce vendredi 4 (quatre) octobre 1996 sans surseoir, puisqu'ils réclament comme on dit leur juste sanction.

J'ai eu ce soir la désagréable surprise d'être interpellé, à mon retour du bureau, par mon concierge sous le prétexte qu'il souhaitait prendre des nouvelles de ma personne. Bien que je me sois gardé de répondre à l'invite qu'il me faisait d'entrer dans sa loge, il ne m'a pas échappé qu'une femme s'y trouvait, en qui j'ai reconnu ma voisine du dessus. « Nous parlions justement, a tenu à me faire savoir mon concierge, de votre voisin de palier. Quelle triste fin, n'est-ce pas ? » J'ai opiné et me suis empressé de dire que je ne souhaitais pas déranger la conversation en cours. Tandis que mon concierge n'avait de cesse de me pousser vers l'intérieur de sa loge, plus précisément vers le journal où s'absorbait ma voisine du dessus. En dépit du côté peu plaisant de la situation, je ne voulais pas risquer de prêter le flanc à un nouveau commentaire de mon concierge à mon sujet. Il était assez, me suis-je dit, qu'il ait vu en moi un type bizarre pour n'en pas rajouter. Je n'ai donc pu faire autrement que souscrire à l'invite qui m'était faite de lire dans le journal l'entrefilet consacré à la mort de mon voisin de palier. Par-dessus l'épaule de ma voisine du dessus qui, je le précise, n'avait pas cru bon de répondre à mon salut discret. Cependant que mon concierge, estimant que je me tenais trop à distance de l'entrefilet pour pouvoir en lire les petits caractères, me forçait pour ainsi dire à rapprocher ma tête de celle de ma voisine du dessus qui, elle, ne faisait pas l'effort de bouger d'un pouce. La voisine du dessus veux-je dire. Qui de surcroît empestait le parfum, et je n'ai dû qu'à un grand effort sur moi-même de ne pas lui exprimer ma désapprobation. « J'attendrai, me suis-je tout de même défendu, que mademoiselle en ait terminé de sa lecture pour m'y adonner à mon tour. » Sur quoi, se retournant brusquement, elle m'a pour ainsi dire plaqué le journal dans les mains avant d'aller s'asseoir sur le canapé du concierge comme si elle était chez elle. Tout de même.

J'ai pris sur moi de faire comme on dit bonne figure en parcourant l'entrefilet où il est exposé que mon voisin de palier a basculé sous un bus sous l'œil horrifié des témoins, ce sont les termes précis de l'entrefilet. Il ne m'a pas échappé que, tout le temps que je lisais, mon concierge et ma voisine du dessus faisaient silence, ce qui ne m'a guère encouragé à lever les yeux en leur direction une fois ma lecture terminée. « Mes obligations domestiques m'imposent de partir », ai-je finalement pu énoncer, et il est vrai que j'avais fort à faire. À mon grand soulagement il n'a pas été émis d'objection à mon retrait, mais à peine avais-je poussé la porte de la loge que mon concierge et ma voisine du dessus se sont mis à comploter dans mon dos à voix basse.

Une surprise tout aussi désagréable m'attendait à la porte d'entrée de mon appartement qui s'est ouverte sur un seul tour de clef alors que je ne manque jamais d'en donner deux. Deux tours de clef veux-je dire. Pour fermer. Le désagrément que j'en ai conçu a cependant été de courte durée car, ainsi que je venais de l'exposer à mon concierge, j'avais fort à faire.

Maître Deloncle a en effet accepté de m'accorder un aménagement de mes horaires de travail qui prendra effet dès après après-demain lundi 7 (sept) octobre 1996. Je ne cache pas que j'ai dû beaucoup prendre sur moi pour faire ma demande et je sais gré à maître Deloncle de n'avoir pas été indiscret outre mesure. Il est vrai que je ne lui en ai pas laissé l'occasion, arguant d'emblée que j'étais requis par de nouvelles obligations dont je n'ai pas jugé utile de préciser la nature et que j'estimais pouvoir remplir correctement, lui ai-je dit, en quittant le bureau à seize heures au lieu de dix-sept heures. « Non que je sollicite de travailler une heure de moins, me suis-je empressé de rassurer maître Deloncle, mais plus simplement d'être dispensé de l'heure de pause-déjeuner. » « Je comprends, a-t-il commenté après avoir acquiescé à ma requête, que les retombées matérielles de la mort de votre père vous occasionnent un surcroît de soucis », et nous en sommes restés là.

J'ai bien sûr cru devoir informer mes collègues de cet aménagement de mes horaires. Tout hostiles soient-ils à mon égard, ils ne peuvent faire autrement que d'en passer par moi pour ce qui est des opérations comptables et devaient donc entendre que la modification de mes horaires de présence aurait des répercussions sur leur façon de procéder. « Alors, a commenté la secrétaire, vous ne déjeunerez plus avec nous. » « Je ne crois pas, ai-je pris sur moi de répondre, que mon absence à votre table ait une grande importance. » À quoi elle a rétorqué que je me trompais, tandis que le deuxième clerc me faisait observer qu'il n'était peut-être pas judicieux de ma part de me couper du monde, c'est l'expression précise qu'il a employée, dans les circonstances présentes. « Même si vous n'avez guère le cœur à discuter, a-t-il insisté, cette petite heure passée en compagnie ne peut que vous distraire de vos idées noires. » Mes idées noires, tout de même. Décidément, ai-je pensé, notre deuxième clerc est de plus en plus indiscret. Sans compter que ces cinq derniers jours, tous les prétextes lui sont bons pour tenter de m'imposer sa présence lorsque je quitte le bureau. Aussi ne me suis-je pas fait faute de rétorquer que la couleur de mes idées ne concernait que moi. Que je sache, rien ne m'oblige à supporter sans broncher les marques de l'hostilité d'autrui à mon égard. Tout de même. Des idées noires, moi.

Bien que j'aie maintenant l'audace de pouvoir exprimer ce genre de point de vue sans plus être sujet au moindre malaise, j'ai été surpris, lors de cette altercation, par un besoin de déféquer si impérieux que je n'ai pu faire autrement que me précipiter vers les lieux d'aisances. Je n'évoque cet événement désagréable que pour montrer à quel point le cadre de mon travail m'est devenu dommageable. L'idée même d'avoir à me soulager sur mon lieu de travail était si grotesque qu'elle ne m'avait jamais traversé l'esprit et je dois à la vérité de dire que mon embarras était tel que, une fois soulagé, il m'a fallu pas moins de quinze minutes pour m'assurer qu'aucune trace ne subsistait dans les lieux qui eût pu ajouter à mon discrédit. Alors que je l'avais tenu, je tiens à le rappeler, pour courtois et doux. Le deuxième clerc veux-je dire. Dont on pourra si besoin recenser les commentaires dans le registre Étude, section Clercs. On pourra constater combien la teneur de ces commentaires s'est modifiée ces cinq derniers jours. Cela afin de faciliter la tâche des autorités judiciaires si je venais à être inquiété.

Samedi 5 (cinq) octobre 1996
à 14 heures.

J'ai trouvé ce matin quelque distraction dans la nouvelle confrontation familiale organisée par mon juge d'instruction. Le thème central en était la reconstitution orale des conditions de la mort de père. Plus précisément, du processus qui avait vu s'opérer la permutation des solutions injectables destinées, l'une à pallier les hypo et l'autre les hyper, processus sur lequel nous nous trouvions être d'accord mon frère et moi et ce depuis notre arrestation.

Une fois réglée cette question, monsieur le juge a souhaité obtenir de moi un complément d'information, ce sont ses termes précis, quant à la tenue de mon registre folioté pour l'année en cours. Suite à quoi et sans même attendre ma réponse il s'est adressé à mère dont je n'avais pas compris jusque-là ce qui lui valait d'être présente. « Pouvez-vous répéter, lui a-t-il demandé, ce que vous nous avez appris des habitudes de votre fils Jean ? »

Mère a donc exposé que, du temps de ma scolarité, il

n'était pas rare que je recopie un cahier de classe déjà bien entamé sous le prétexte que la présentation ne m'en paraissait pas assez soignée. Ce que je me suis empressé de confirmer à la demande de monsieur le juge, non sans rappeler que je mettais pour ce faire à profit les petites vacances scolaires. « Je n'aurais su, ai-je rappelé à mère, empiéter ni sur le temps réservé aux leçons et exercices écrits, ni sur mes heures de sommeil pour satisfaire à cette tâche », ce dont mère est convenue. Je dois à la vérité de dire que, bien que je lui aie su gré de n'avoir pas oublié les façons qui étaient les miennes et de les avoir portées à la connaissance du juge d'instruction de sorte que le côté pointilleux de ma personne s'en trouvât souligné, je n'ai d'abord pas compris les raisons de l'indiscrétion qu'elle avait commise à mon égard. Aussi ai-je été légèrement déstabilisé lorsque le juge m'a demandé, d'un ton que je qualifierais d'abrupt, si, comme le suggérait mon frère, j'avais falsifié mon registre quant aux faits et paroles pour les jours précédant l'assassinat de père. Tout de même. Falsifier mon registre. Quand je mets un point d'honneur à ne pas même raturer. Et je dois à la vérité d'avouer avoir eu quelque peine à entendre que j'aurais pu, non raturer puisque tel n'était pas le cas, mais recopier. « Vous auriez pu, m'a dit le juge, recopier l'ensemble de votre registre comme vous recopiiez autrefois vos cahiers. » Tout de même.

Aussi ne me suis-je pas fait faute de rappeler qu'il s'agissait d'un registre folioté ; et que, si l'on voulait bien prendre pour repère la page où était collé l'original des consignes de mon frère, elle portait le numéro trois cent soixante et onze ; ce qui supposait que j'eusse recopié trois cent soixante-dix pages en moins de quarante-huit heures ; et ce, ai-je fait aussi observer, tout en assurant le lundi mon travail de bureau. Tout de même. Sur quoi le juge a mis fin à notre entretien.

« Pauvre minable ! » s'est écrié Frédéric à mon intention, ce sont ses termes exacts, tout en se levant de son siège et j'ai constaté à cette occasion qu'il avait perdu de sa superbe, amaigri qu'il était, et voûté, le cheveu gras m'a-t-il semblé. Je dois à l'honnêteté de dire que ce constat m'a occasionné une sensation interne que je qualifierais d'agréable, bien que je ne sache en donner une description précise faute de pouvoir la localiser. « Peut-on savoir, m'a demandé monsieur le juge, ce qui vous fait sourire ? » et il est de fait que je me suis alors avisé d'une modification du tonus de mon visage, ce qui m'a quelque peu embarrassé. Je ne crois pas sourire souvent et je mets un point d'honneur à conserver à ma personne une apparence égale. « Jean, m'a dit un jour maître Deloncle, votre visage impénétrable ferait merveille en affaires, vous auriez gagné à travailler dans le contact. » Dans le contact, moi. Tout de même. Il s'est cependant trouvé que mon frère m'a sauvé comme on dit la mise en répondant à ma place, d'un ton peu amène : « Tu peux sourire, sale petit pédé, tu m'as bien baisé. » Ces termes mêmes. Devant notre juge d'instruction qui n'a pas cru devoir relever. Non plus que mère, d'ailleurs. Laquelle n'a de surcroît pas jugé utile de répondre à mon salut lorsque nous avons quitté le bureau de notre juge d'instruction à onze heures treize précises.

Je me suis donc trouvé descendre seul les marches du palais de justice où j'ai été assailli, c'est le mot, par un loqueteux qui exigeait de moi une obole, situation déplaisante qui me fait d'ordinaire accélérer le pas. J'ignore comment il s'est produit que, loin de chercher à me soustraire à son contact malodorant, je l'ai saisi au collet tout en le gratifiant de coups de pied dans les tibias. Cela reste pour moi un mystère. Un attroupement s'est constitué, qui aurait pu m'embarrasser si les commentaires à mon égard n'avaient été élogieux. « Si on les corrigeait plus souvent, a-t-il été par exemple dit, nos trottoirs ressembleraient moins à un dépotoir. »

Bien que pressé de rejoindre mon appartement pour me décontaminer, je me suis accordé de me complimenter pour la transformation de ma personne. Sans doute père apprécierait-il, ai-je pensé, que me vienne le répondant qu'il souhaitait me voir. Et il est de fait que cette agréable disposition de mon esprit n'a pas été altérée par l'appel téléphonique de mère qui m'a pour ainsi dire cueilli à mon arrivée chez moi. « Tu es machiavélique », m'a-t-elle dit d'une voix que je n'ai d'abord pas reconnue, « tu ne l'emporteras pas en paradis », a-t-elle ajouté. À quoi je lui ai répondu, d'un ton que je qualifierais de sans réplique, que j'avais déjà pris acte de cette menace.

Samedi 5 (cinq) octobre 1996
à 18 heures.

Ainsi que prévu dans l'emploi du temps de ma journée, j'ai déposé à seize heures quinze dans mon coffre bancaire les dernières photocopies de mes comptes rendus. À seize heures quarante-cinq, j'étais en vue du domicile du deuxième clerc qui a poussé hier l'indiscrétion jusqu'à m'en communiquer l'adresse. « Jean, m'a-t-il dit au moment où je quittais le bureau, un peu de compagnie ne peut vous faire que du bien, voici mon adresse, je ne bouge pas du week-end alors, n'hésitez pas. »

Il s'agit d'un pavillon. J'ai observé que le deuxième clerc était dans son jardin en compagnie d'une créature du genre négligé. Une rousse ventrue qui est soudain venue se coller à lui.

Dimanche 6 (six) octobre 1996
à 14 heures.

Je dois m'expliquer de la façon soudaine dont j'ai mis fin à mes écritures d'hier au soir.

Il n'est pas nouveau pour moi de relever cette particularité de ma mémoire qui consiste à emmagasiner des données pour ainsi dire à mon insu, et les restituer plus tard sans crier gare. C'est ainsi que, dans les instants où j'avais été en vue du pavillon du deuxième clerc, je ne m'étais cru occupé qu'à en relever les caractéristiques topographiques. Je n'avais pas cru prendre en compte la donnée qui apparaît dans les deux dernières phrases écrites hier au soir. Je suis en tout cas certain d'avoir eu l'intention, en inscrivant le mot « pavillon », d'en donner une description précise, ce qui explique sans doute le phénomène dont j'ai été victime en m'avisant de mon erreur. Une sorte de volonté extérieure à ma personne m'a d'abord poussé à déchirer la page, ce qui a été fait en partie. Il s'en est suivi une terreur, c'est le mot, que je comparerais à celle occasionnée par mes anciens cauchemars nocturnes et je n'ai dû qu'à un grand effort sur moi-même de suspendre la déchirure, puis de m'interroger sur ce qu'il convenait de faire.

Le foliotage de mon registre, ai-je alors eu la présence d'esprit de me souvenir, est seul garant de ma bonne foi et, pour autant qu'il m'en coûte, je ne peux prendre le risque d'être soupçonné derechef de falsification. Je me suis donc résolu à apposer sur les bords disjoints de la feuille une bande de papier adhésif transparent. Il ne me semble pas excessif d'user de l'expression convenue : la mort dans l'âme pour qualifier l'état qui était le mien devant la feuille irrémédiablement abîmée.

Avant que de trouver la force de prendre sur moi, il s'est passé un moment, très long me semble-t-il, où mes yeux sont restés comme aimantés sur la bande de papier adhésif transparent qui barrait en diagonale la rousse ventrue. Les mots, veux-je dire, bien que, durant tout ce temps, ce que voyaient mes yeux n'était pas les mots écrits mais la rousse ventrue elle-même, collée au deuxième clerc et déchirée en diagonale. Je n'ai pu faire autrement que refermer mon registre la mort dans l'âme, je répète cette expression qui ne me paraît pas excessive, et décidé à ne plus m'exposer à de telles intrusions, c'est le mot.

Tout de même. Savoir mon cahier irrémédiablement entâché par la faute d'une créature. Rien ne m'oblige, que je sache, à supporter jusque dans mon chez-moi un spectacle d'une telle impudeur. Sans compter le deuxième clerc qui, je tiens à le préciser, se prêtait sans qu'il paraisse lui en coûter à ce contact malpropre, allant jusqu'à apposer ses mains sur le ventre gras qui se frottait à lui. Tout de même. Et jusqu'à frotter de sa face celle de la rousse au point qu'elle en disparaissait, la face du deuxième clerc veux-je dire, dans le dégoulinement des cheveux de l'autre. Un homme que j'avais tenu pour discret et doux, c'est le mot. Au vu et au su des passants, je tiens à le préciser pour pouvoir arguer de la légitime défense comme on dit si je venais à être inquiété. Non que je juge insuffisant le recensement des commentaires désobligeants du deuxième clerc à mon égard mais il y a là matière, dans ces frottements éhontés veux-je dire, à me justifier. L'ordre public, n'est-ce pas. Sans compter l'ordre privé puisque, outre que mon registre s'en trouve irrémédiablement souillé, outre que je me suis vu dans l'obligation de suspendre mes écritures, j'ai été la proie d'un de ces cauchemars nocturnes dont je pensais être délivré : je devais témoigner, de quoi, je l'ignore, les feuilles de mon registre étaient déchiquetées et le verdict tombait : les mains tranchées. Du sang coulait, c'était très pénible et je n'ai dû qu'à un grand effort sur moi-même, une fois réveillé par mes propres cris, de faire taire la voix qui ordonnait que mes mains soient tranchées.

En dépit qu'il m'en coûte, je me dois de prendre encore sur moi pour décrire l'état de ma personne à ce moment de la nuit dont je ne saurais préciser le cadre horaire. Il est de la première importance que soient exposés les effets pernicieux de ces créatures qui promènent au vu et au su de tous leur ventre gras et leurs mamelles, effets qui se sont prolongés bien après que la voix qui dictait le châtiment s'est tue. Car le loisir ne m'a pas été donné de trouver satisfaction dans le silence qui s'est ensuivi, un silence que je qualifierais d'hostile en ce qu'il a induit dans ma personne une nouvelle terreur. Une terreur épaisse, c'est le qualificatif qui me vient bien qu'il me paraisse faible. Et qui s'est généralisée, je ne puis mieux dire. De sorte que j'ai été comme comprimé des pieds à la tête, et particulièrement au niveau du thorax qui s'est fait de plus en plus douloureux. La douleur cependant n'était rien à côté de la terreur, voilà ce dont il faut rendre compte. La douleur n'était rien, je ne puis mieux dire. Je ne puis que déplorer de ne pas disposer des mots aptes à mieux rendre compte de l'état épouvanté de ma personne avant que d'être enfin replongé dans le sommeil, puisque c'est ce qui s'est heureusement produit.

Mais là ne s'arrêtent pas les effets pernicieux qui font l'objet de ce compte rendu et qui se sont pour ainsi dire abattus sur moi en cascade.

J'ai été en effet tiré de mon heureuse inconscience par un tambourinement dont j'ai eu quelque peine à déterminer l'origine, jusqu'à ce que je m'avise que l'objet en était ma porte d'entrée. Les aiguilles lumineuses de mon réveil affichaient trois heures vingt lorsque le tambourinement s'est assorti de ces mots : « Police, ouvrez. » Je me suis bien sûr précipité pour m'exécuter, en prenant le soin de refermer la porte de ma chambre sur le désordre de mon lit. Ma voisine du dessus, ai-je alors appris, avait appelé le commissariat pour se plaindre de mon tapage nocturne, c'est l'expression exacte qui a été employée par celui des deux policiers en uniforme qui s'est adressé à moi d'un bout à l'autre de notre entretien. « Sans doute y a-t-il erreur sur la personne », ai-je dit, pour m'entendre répondre que c'était bien moi qui étais mis en cause par la voisine du dessus avec qui ces messieurs de la police avaient eu une brève entrevue avant que de venir toquer à ma porte. Elle se plaignait, ai-je appris, d'avoir à régulièrement supporter le vacarme occasionné par mes ébats amoureux. Non seulement son plancher, prétendait-elle, tremblait sous mes coups de boutoir mais encore je poussais des hurlements à réveiller un mort, c'est l'expression de la voisine qui m'a été rapportée. Pas la voisine, l'expression. Hurlements dont l'intensité aurait atteint cette nuit un seuil insupportable. « On aurait dit les cris, avait-elle soutenu, d'un cochon qu'on égorge, sauf que le cochon n'appelle pas sa mère. »

J'avoue avoir un instant douté que le policier qui relatait les propos de la voisine du dessus eût tout son bon sens. Sans compter que son coéquipier, qui jusque-là n'avait cessé de bâiller tout en jetant vers mon intérieur des coups d'œil indiscrets, se prit soudain à sourire et même, m'a-t-il semblé, à rire. Tout cela était très déstabilisant. « Je peine à comprendre ce dont on m'accuse, ai-je fini par pouvoir dire, et plus encore ce que signifie cette allusion à un cochon. » Sur quoi le coéquipier m'a gratifié d'un clin d'œil appuyé qui m'a laissé comme on dit de marbre. « Votre voisine, a repris son acolyte, semble décidée à porter plainte contre vous. Apparemment, elle ne supporte pas de vous entendre appeler votre mère au moment crucial, ce sont les termes qu'elle a employés. Écoutez... »

J'ignore ce que je devais écouter car je me suis surpris à couper la parole à ce représentant des forces de l'ordre, qui s'adressait pourtant à moi avec correction, pour m'inscrire en faux contre cette accusation. « Je ne vois pas, ai-je dit, que je puisse appeler mère ni de près ni de loin. Je ne l'ai jamais appelée. » « Votre voisine, a insisté le policier, affirme pourtant que vous hurliez : maman, maman. » « C'est impossible, ai-je soutenu, je vous répète que je n'ai jamais appelé mère d'aucune façon. » Ce qui est l'exacte vérité. Tout de même. Aller imaginer s'adresser aussi directement à une femme. Moi, dire maman. Le fait seul d'écrire ce mot m'est très pénible alors, le former avec mon appareil buccal, le répéter qui plus est comme le soutient ma voisine du dessus, tout de même.

« Écoutez, a répété le policier, vous avez le droit de vous envoyer en l'air et votre voisine a le droit de dormir tranquille. Alors mettez la sourdine et tout ira pour le mieux. » Nous en sommes restés là, mais j'avoue n'être pas à mon aise au souvenir de cet événement nocturne. Tout de même. Crier maman, moi.

Mardi 8 (huit) octobre 1996
à 18 heures.

L'état de faiblesse qui était le mien avant-hier dimanche 6 (six) octobre, à mon retour de chez le deuxième clerc, n'a pas permis que je me mette à mes notes du soir. Je n'ai pu que reposer sur mon canapé avec l'inquiétude de ne pas retrouver assez de forces pour m'en relever. J'aurais pour ma part souhaité conduire ma journée de dimanche à son terme habituel mais, une fois de plus, j'ai dû subir d'être désorganisé.

Cela n'était rien cependant à côté des avanies, c'est le mot, que j'ai eu à subir hier lundi 7 (sept) octobre du fait, d'abord, des deux représentants de la force de l'ordre qui ont sonné à la porte du bureau à onze heures cinquante-deux. Pas les mêmes, bien sûr, que ceux avec qui je m'étais entretenu deux nuits plus tôt. J'en étais à apurer comme chaque lundi les comptes de la semaine écoulée et il m'a été pénible d'être dérangé. L'apurement est une tâche qui requiert une concentration soutenue, aussi ai-je peu apprécié d'être pour ainsi dire contraint de la suspendre. Ma tâche veux-je dire. Par maître Deloncle soi-même qui, après avoir reçu en privé ces messieurs de la police, ce qui n'a pas manqué de faire jacasser la secrétaire, est venu réclamer notre attention. « Je souhaiterais pour ma part, me suis-je permis de lui dire, terminer d'abord mon apurement. » Je n'en avais en effet que pour quelques minutes, ce qui me semblait justifier ma requête. « Il s'agit de notre ami Antoine », a poursuivi maître Deloncle sans paraître m'avoir entendu et c'est alors que je me suis avisé de l'état de sa personne, un état que je dirais grisâtre et tremblant. « Notre ami Antoine et son épouse ont été assassinés », a-t-il fini par énoncer en se laissant tomber sur un siège, faisant fi de la bienséance due à nos hôtes. Notre ami. Tout de même. Que je sache, ce n'est pas là un terme dont il convient d'user de supérieur à subalterne. Le respect des positions hiérarchiques, n'est-ce pas. Qui plus est devant ces messieurs de la police. Tout de même. Sans compter que la secrétaire a cru bon de s'évanouir à peine eut-elle appris la mort du deuxième clerc, avec sa jupe courte, la secrétaire, veux-je dire, pas le deuxième clerc, jupe qui s'est dans la chute pour ainsi dire retroussée jusqu'à découvrir la culotte. Tout cela était très déplaisant et j'ai su gré au policier qui s'est précipité vers elle de l'avoir souffletée à plusieurs reprises. Non que je ne puisse entendre qu'il est pénible d'apprendre la suppression d'un collègue et de son épouse mais tout de même. S'offrir ainsi en spectacle. Dénudée pour ainsi dire jusqu'au nombril. Et comme si ce dérangement ne suffisait pas, maître Deloncle a cru devoir nous donner congé une fois accomplies les formalités policières de première intention. Soit à treize heures quinze. « Rentrez chez vous », a-t-il dit sans paraître se soucier de l'avancement du travail. Sans doute aurais-je dû lui faire observer que mon apurement hebdomadaire resterait en souffrance. Au lieu de quoi je me suis tu et n'ai pu faire autrement que quitter le bureau à la suite du premier clerc et de la secrétaire qu'il soutenait. Corporellement veux-je dire. Cette créature. Tout de même. Qui trébuchait à chaque pas et reniflait sans vergogne tout en serinant qu'elle était sur le point d'accoucher. Comment pouvais-je comprendre qu'elle parlait de l'épouse du deuxième clerc ? De feue l'épouse de feu le deuxième clerc devrais-je dire puisque c'est l'expression consacrée. Tandis que le premier clerc me demandait de soutenir la secrétaire sur sa droite. La droite de la secrétaire, pas du clerc. « Aidez-moi à soutenir Ida, disait-il, elle va tomber », à quoi j'ai répondu que si elle était sur le point d'accoucher, je ne pouvais être d'aucun secours.

À partir de là je ne me souviens de rien, pas même de la chute, et il m'est très pénible de savoir que, plusieurs minutes durant, j'ai été à mon insu l'objet de multiples attouchements, à commencer par ceux du premier clerc et de la secrétaire qui se sont paraît-il précipités sur moi pour tenter de me ranimer puisque, de fait, j'avais perdu conscience ; à continuer par maître Deloncle qui m'a paraît-il secoué en vain après avoir dénoué ma cravate, déboutonné mon col de chemise, desserré ma ceinture et dégrafé mon pantalon ; et, lorsque j'ai repris ma connaissance, j'étais pour ainsi dire entre les mains de deux ambulanciers, dépoitraillé, c'est le mot, mon slip dépassant de mon pantalon et trop faible pour ne serait-ce que tenter de me soustraire à leurs attouchements. La secrétaire était avachie à faible distance de ma personne, toujours reniflant avec sa jupe courte. Le premier clerc exposait quant à lui aux ambulanciers, sans souci de la discrétion, les raisons supposées de mon évanouissement. « Il est à bout, l'ai-je entendu dire, depuis l'assassinat de son père il ne tourne pas rond. » Moi, ne pas tourner rond. Tout de même.

Cet état abattu de ma personne s'est prolongé jusqu'à l'heure de mon coucher. À peine ai-je eu la force, après m'être lavé des multiples attouchements dont j'avais été l'objet à mon insu, de recenser en pensée les nuisances verbales du premier clerc à mon égard. Je dois à la vérité de dire qu'elles sont peu nombreuses, ce pourquoi je n'avais pas jusqu'alors envisagé sa suppression. Je tiens en effet à disposer d'un argumentaire suffisant pour justifier de mon bon droit si je venais à être inquiété. Or, si tel était le cas pour les suppressions déjà réalisées et pour celles prévues, cela ne l'était pas pour le premier clerc. Jusqu'à hier après-midi, nos relations étaient de simple courtoisie. Je lui avais même su gré d'être intervenu plusieurs fois en ma faveur quand notre secrétaire se faisait par trop indiscrète à mon égard. Ainsi l'avait-il une fois priée de ne point s'approcher de moi comme elle le faisait lorsqu'elle me donnait un effet à signer. « Ida, l'avait-il sermonnée, un peu de distance, que diable, Jean va nous faire un infarctus. » Ainsi aussi m'avait-il tiré d'embarras alors qu'elle racontait avec une complaisance éhontée les difficultés de sa chatte à mettre bas. Tout de même. Que je sache, il n'y a pas là matière à disserter en prenant sur son temps de travail. « Ida, avait fini par lui dire le premier clerc, Jean m'a tout l'air d'être incommodé par vos histoires de chatte », sur quoi cette gourde s'était esclaffée sans raison. La secrétaire, veux-je dire. Qui, non contente de s'appesantir sur les affaires ventrales de sa bestiole, évoquait au passage celles de sa sœur, la sœur de la secrétaire, pas de la bestiole, sans même se soucier du désagrément qu'elle occasionnait à ses collègues masculins. Tout de même.

Aussi, lorsque le premier clerc a exigé de moi que je la soutienne corporellement, il m'a été pénible de constater que je m'étais pour ainsi dire leurré à son sujet, sans compter le spectacle qu'il m'infligeait de son enlacement, c'est le mot, avec cette créature puisque je me trouvais les suivre sans donc pouvoir faire autrement que voir la main velue agrippée à la jupe courte qui se trouvait de ce fait tirée vers le haut, tandis que l'ordure qui était dedans, dans la jupe veux-je dire, sur le point d'accoucher ne cessait-elle de geindre, m'obligeant à m'évanouir puisque tel a été l'effet sur ma personne du spectacle qui m'était infligé. Sans compter l'état abattu qui s'est ensuivi et ses conséquences fâcheuses sur mon emploi du temps puisque, je tiens à le rappeler, j'ai dû comme la veille reposer sur mon canapé quatre heures durant et renoncer à mes écritures.

Il me semble donc que le nombre réduit des nuisances verbales du premier clerc à mon égard est pour ainsi dire grandement compensé par les méfaits qui lui sont imputables pour le seul après-midi d'hier lundi 7 (sept) octobre 1996.

Mardi 8 (huit) octobre 1996
à 22 heures.

Je me trouve reprendre mon registre à l'heure qui est d'ordinaire celle de mon coucher et, avant toute chose, je tiens à faire observer que cette obligation fâcheuse vient allonger la liste des nuisances qui me sont faites. Nuisances que je dois à l'honnêteté de qualifier d'indirectes en ce qu'elles traduisent les retombées fâcheuses sur ma personne de l'encerclement qui se resserre autour de moi.

Pour m'expliquer de cette entorse à mes habitudes vespérales, je rappelle que mes comptes rendus sont rédigés d'un jet et sans la moindre rature. C'est une particularité de ma personne que d'avoir des facilités d'écriture, peu communes m'a souvent dit maître Deloncle. Il n'est d'ailleurs pas rare qu'il s'adresse à moi plutôt qu'à notre secrétaire pour corriger, voire pour rédiger tel ou tel courrier d'importance. « Jean, lui est-il arrivé de me dire, je suis réellement impressionné par la qualité de votre premier jet. » L'évocation de ce compliment n'a d'autre visée que rendre compte de ma maîtrise en matière d'écritures. Or, lorsque j'ai procédé tout à l'heure à la lecture du compte rendu qui précède, j'ai eu la surprise peu agréable d'y découvrir quelques failles.

En premier lieu, j'ai omis de mentionner que, pour la seconde fois en quelques jours, ma porte n'était fermée que d'un tour de clef à mon retour du bureau. À cette anomalie s'est ajouté le constat d'un accrochage, c'est le mot, au second tour de mon verrou intérieur. J'ai bien sûr pris le soin de vérifier à la loupe que les dents de ma clef ne présentaient aucun défaut de nature à détériorer ma serrure.

En deuxième lieu, il m'est apparu que mon registre n'occupait pas dans le tiroir de mon secrétaire la place précise qui lui est dévolue. Non que le décalage fût important mais il est de fait qu'il ne s'insérait pas exactement dans son créneau.

En troisième lieu, et ma contrariété est là des plus vives, j'ai constaté lors de ma lecture de contrôle que la première partie de l'avant-dernier paragraphe manquait de la clarté qui caractérise d'ordinaire mes comptes rendus. Il m'a fallu pas moins de trois lectures à haute voix pour m'incliner devant l'évidence de ce manque de clarté dont mon esprit est resté préoccupé durant ma demi-heure de bain. Non qu'il m'ait été pénible de me prendre en défaut, je n'irais pas jusque-là, d'autant que ce laisser-aller va dans le sens des préjudices qui me sont faits et dont je crois utile de rappeler la nature de façon dite télégraphique.

Note du rapporteur
Suit ici l'énumération des divers « préjudices » déjà évoqués, puis ceci :

Ces rectificatifs auraient pu cependant attendre à demain et je n'aurais pas choisi d'amputer mon temps de sommeil si je n'avais à coucher sur le papier une information de nature à justifier de la nécessité dans laquelle je me trouve d'user dorénavant du poignard de père pour les suppressions.

Si je crois avoir exposé avec précision les retombées sur mon quotidien des nuisances dont je suis l'objet, il m'apparaît que je n'ai pas assez insisté sur le préjudice corporel. Je ne fais pas ici référence aux divers malaises que je me suis efforcé de décrire du mieux que j'ai pu ; ni à ma perte de connaissance d'hier, sinon pour rappeler qu'elle a été la cause de multiples attouchements sur ma personne et à mon insu, attouchements dont je n'ai pu exterminer les traces à mon retour chez moi en raison de mon état abattu. État d'autant plus abattu que j'étais contraint de supporter ces souillures sans pouvoir y remédier. Sans compter que, lorsque la force m'est revenue de tenir debout et de me porter vers la salle de bains, elle était insuffisante pour permettre les grandes ablutions requises en ces circonstances.

Ce dont j'ai maintenant à rendre compte consiste en une désorganisation corporelle que je qualifierais de profonde en ce sens qu'elle touche aux mécanismes de purification interne. À commencer par la défécation dont j'ai noté dans ce cahier une première atteinte en date du vendredi 4 (quatre) octobre dernier suite aux nuisances verbales de feu le deuxième clerc. Ignorant alors que cette anomalie était le symptôme avant-coureur de complications défécatoires jusque-là inconnues de moi, je ne l'ai pas portée dans la liste des préjudices de nature à justifier sa suppression. La suppression du deuxième clerc veux-je dire. Si je venais à être inquiété, je souhaite qu'il en soit tenu compte rétroactivement. Par la suite donc, j'ai été l'objet d'une rétention très pénible de mes matières et n'ai eu la satisfaction de les expulser qu'à deux reprises. Pour plus de précisions quant aux dates et heures, on pourra se reporter au calendrier que j'ai pris le soin de punaiser, dès ma première journée de rétention, sur la porte des lieux d'aisances.

Dans le même ordre des préjudices corporels, j'ai déjà fait mention en date du même vendredi 4 (quatre) octobre dernier de l'érection inhabituelle dont j'avais été l'objet la veille et qui m'avait contraint à me soulager alors même que ma main venait d'être souillée dans une cohue. Cette anomalie a également marqué le début d'une désorganisation de ma fonction érectile, qui va pour ainsi dire de pair avec le trouble défécatoire. En effet, l'absence répétée, depuis ce jour, de l'érection qui devrait clôturer mon bain et, partant, la rétention des matières séminales polluantes, vient ajouter à mon déficit de purification interne.

Cet examen attentif des préjudices dont ma personne physique est l'objet, des conditions de leur survenue et du désordre général dont ils participent tout en l'aggravant m'a permis de conclure que je n'avais d'autre choix que la suppression des nuisances en cause. Il m'est toutefois apparu, tandis que s'imposait la nécessité de cette solution que je qualifierais de finale, que je n'étais pas en mesure d'endurer que mes mains ou toute autre partie de mon corps se souillent au contact d'autrui. Je dois à la vérité de dire que la perspective d'avoir à apposer mes mains sur le cou du deuxième clerc et de la grosse rousse aux fins de leur strangulation m'avait été très pénible en dépit que j'avais pris la précaution de les protéger par des gants. Mes mains, pas les susdits. Aussi avais-je trouvé quelque réconfort à constater, en arrivant sur place, qu'ils s'étaient pour ainsi dire supprimés d'eux-mêmes. Par la seule intervention de ma volonté veux-je dire, ainsi qu'il en était allé avec mon voisin de palier.

Je n'exclus enfin pas, bien que je ne puisse l'affirmer, que mon évanouissement d'hier ait eu pour cause la proposition qui m'était faite d'un contact corporel avec la secrétaire. « Monsieur Jean, m'a-t-elle d'ailleurs dit à peine revenais-je à moi, tout ça est ma faute », ce en quoi je suis bien d'accord.

Note du rapporteur
Lorsqu'il sera demandé à mademoiselle Ida Claude, secrétaire de l'étude de maître Henri Deloncle, en quoi elle se sentait responsable de l'évanouissement de Jean Raizaud, elle répondra : « J'ai pensé qu'il n'avait pas supporté de m'entendre dire que Sophie (n.d.r : l'épouse du deuxième clerc, Antoine Ségurier) était sur le point d'accoucher, que ça l'avait choqué. Il a d'ailleurs perdu les pédales avant de s'évanouir : il croyait que c'était moi qui devais accoucher. » Interrogé à ce sujet, Jean Raizaud prendra le juge

d'instruction à témoin de, nous citons : « ... l'indiscrétion éhontée de cette créature qui prétend connaître ma personne mieux que moi-même. Comment aurais-je pu être choqué par l'évocation ordurière qui était faite quand, à la satisfaction d'avoir vu supprimés le deuxième clerc et son épouse, puisque tel était le statut de cette créature, venait s'ajouter celle de savoir exterminé le fruit de leurs fornications ? »
À la question : « Qu'entendez-vous par l'expression : évocation ordurière ? » il répondra : « Le terme de grossesse et ce qu'il sous-entend. »
Suite des écrits du mardi 8 octobre :

C'est à ce point de ma réflexion que m'est revenu en mémoire le don que père m'avait fait d'un poignard lorsque j'avais quinze ans. Un poignard à lame courbe dont la vue m'avait occasionné un malaise quand père l'avait ôté de son étui. La vue des objets tranchants m'a toujours été très pénible. Je veille à ce que les objets tranchants dont je ne puis faire l'économie, tels les couteaux de cuisine ou les ciseaux de couture, soient de petite taille et arrondis du bout et, pour le soin de mes ongles, je n'utilise que des limes de carton. L'usage par autrui d'un coupe-papier m'est déplaisant au point de m'obliger à suspendre mon travail de bureau quand j'en perçois le bruit caractéristique. « Monsieur Jean, m'a dit un jour la secrétaire, je me demande pourquoi vous vous méfiez tellement du coupe-papier », à quoi j'ai été bien en peine de donner une explication.

« Voilà, avait dit père en tirant vivement le poignard de son étui et en le pointant sur mon thorax, de quel bois se chauffent les hommes qui en ont, pas vrai, Frédéric ? » et je dois à la vérité de dire que j'avais été saisi d'épouvante, c'est le mot, au point que mes genoux s'étaient comme cassés sous mon poids, m'entraînant à chuter sur eux. Sur mes genoux veux-je dire. De sorte que je m'étais retrouvé pour ainsi dire agenouillé aux pieds de père tandis que tous deux se gaussaient. Père et Frédéric veux-je dire. Suite à quoi le poignard préalablement rengainé m'avait été offert, avait été plus exactement lancé à mes côtés sur le tapis. « On ne sait jamais, continuait de se gausser père, ça pourra te servir un jour, paraît que la vie des pédés est pleine de risques. » À quoi Frédéric avait ajouté, tout en manipulant son propre poignard sans paraître se soucier du danger : « Et quand tu devras t'en servir, n'oublie surtout pas que la lame est courbe. » Je n'avais pu faire autrement qu'accepter sans commentaire le don qui m'était fait et m'étais empressé de le déposer sur l'étagère la plus haute de mon armoire-penderie, hors de portée de main, sauf à user d'un escabeau.

C'est dans la nuit qui avait suivi, soit la nuit du treize au quatorze juillet 1971, que s'est présenté le premier cauchemar de tête tranchée, dont l'effet sur ma personne a été tel que mes cris ont réveillé la maisonnée. « La commémoration de la Révolution française ne lui réussit pas », avait commenté Frédéric, à quoi père avait ajouté : « C'est bien la seule chose qu'il tienne de moi. »

Lorsque le souvenir du poignard m'est revenu tout à l'heure, j'ai su gré à mère d'avoir exigé de moi que je l'emporte lorsque j'ai loué mon premier studio. Et je me suis félicité d'avoir renoncé à m'en débarrasser lors de mon déménagement ultérieur. C'est quand même, avais-je alors pensé, le seul cadeau que je tienne de père. Sans doute jugerait-il désobligeant, avais-je pensé, que je m'en sois défait s'il venait à l'apprendre.

Mercredi 9 (neuf) octobre 1996
à 18 heures.

Maître Deloncle, mes collègues de bureau et moi-même avons été interrogés ce matin au sujet du meurtre de feu le deuxième clerc et de son épouse, puisque tel était le statut de la grosse rousse. La satisfaction que me procuraient d'ordinaire les entretiens avec les représentants de l'autorité policière a été ternie par l'obligation qui m'était faite de garder provisoirement le silence sur mon emploi du temps au jour et à l'heure de la suppression des susdits. Je souhaite en effet n'être pas entravé dans l'exécution de mon programme d'après-demain vendredi.

Hormis le dérangement inhérent à mon interrogatoire et la nécessité d'y ronger comme on dit mon frein, cette journée de mercredi est des meilleures qu'il m'ait été donné de connaître depuis la suppression de père. À ce sujet, le policier qui menait notre entretien a eu l'obligeance de se souvenir que quinze jours seulement s'étaient écoulés depuis que père avait été supprimé.

« Cela fait, a-t-il observé, beaucoup de morts violentes autour de vous », à quoi j'ai répondu que la mort de père, bien qu'indéniablement provoquée, ne pouvait être qualifiée de violente. « Je puis affirmer pour y avoir assisté, ai-je précisé, qu'elle a été au contraire rapide et tranquille. » Il m'a par ailleurs été agréable de constater que l'accident de bus de feu mon voisin de palier n'arrivait pas, comme on dit, sur le tapis.

Pour autant qu'il m'en ait coûté de devoir gêner un temps l'investigation policière, je dois à l'honnêteté de constater que l'état de ma personne n'en a pas pâti. Qu'il s'est même au contraire fortifié, c'est le mot, au point de m'autoriser quelques saillies verbales durant les heures de travail qui ont suivi. Ainsi, à la secrétaire qui s'étonnait que je puisse vaquer à mes comptes comme si de rien n'était, j'ai répondu que j'avais en effet quelque mérite à honorer mes obligations professionnelles en dépit du volume sonore de ses gémissements et reniflements. Et au premier clerc qui se permettait de me faire observer que j'y allais un peu fort, j'ai eu la présence d'esprit de rétorquer : « Et cela ne fait que commencer », sur quoi l'un et l'autre se sont tus. Ainsi encore, lorsque maître Deloncle nous a priés d'apposer nos signatures au bas des condoléances qu'il adressait aux familles des défunts, il m'est venu de faire observer, sur un ton que je qualifierais de primesautier, qu'il était piquant que revienne aux subalternes la tâche de signer le courrier directorial. « Êtes-vous devenu fou, Jean ? » s'est-il alors inquiété. « Pas à ma connaissance », ai-je eu la facétie de répondre tout en apposant mon paraphe au bas de la lettre. Les familles des défunts, tout de même. Je ne crois pas que j'eusse apprécié qu'on me fît des condoléances écrites pour la mort de père. C'est déjà bien assez de devoir endurer les commentaires verbaux, n'est-ce pas.

Cette heureuse disposition de mon esprit n'a pas été altérée par la perspective de la fin imminente de ma carrière. Il m'a été au contraire agréable de procéder, aussitôt que terminée ma comptabilité du jour, à une ultime mise en ordre de mes tiroirs de bureau. Non qu'ils en eussent grand besoin, mais j'ai souhaité que les futurs repreneurs de notre étude puissent témoigner de la rigueur de mon engagement professionnel en regard du laisser-aller de mes collègues. Il me paraît en effet important, pour attester de ma bonne foi, que puissent être appréciées *de facto* les nuisances matérielles qui sont mon lot quotidien, tout particulièrement le capharnaüm, c'est le mot, qui tient lieu à la secrétaire de cadre de travail. Non contente d'empiler les classeurs et les chemises cartonnées qui devraient se trouver à la portée de chacun dans le meuble à glissières prévu à cet effet ; non contente d'éparpiller ses divers accessoires de bureau, de ne prendre aucun soin de son clavier dont les touches sont irrémédiablement souillées, cette créature va jusqu'à laisser pour ainsi dire à demeure, dans les tiroirs de son bureau, un nécessaire de maquillage, un peigne, un miroir, une brosse à dents et un tube de dentifrice, sans compter un flacon de parfum dont elle se vaporise plusieurs fois par jour sans souci du désagrément y afférent. Tout de même. Que je sache, il n'entre pas dans les prérogatives d'un employé de bureau de détourner à ses fins le mobilier fourni par son employeur. « Mademoiselle, ai-je pris sur moi de lui dire le jour où elle a réquisitionné son tiroir du bas pour y entreposer un paquet de taille conséquente, vous seriez mieux avisée de réserver vos tiroirs au rangement de vos accessoires de bureau. » « Et mon paquet de serviettes hygiéniques, je le mets où alors ? » a-t-elle eu le front de répondre, poussant l'indiscrétion jusqu'à me suggérer de l'héberger dans l'un de mes propres tiroirs. Le paquet, veux-je dire, pas la secrétaire. Tout de même.

Aussi dois-je à la vérité de dire que, pour une fois, il m'a été agréable de constater que le secrétariat était plus en désordre que jamais et voué à rester en l'état jusqu'à la fin de la semaine de sorte que chacun puisse juger *de facto* de l'encerclement matériel qui m'est quotidiennement infligé. Auquel s'est ajouté ce matin, j'allais omettre de le mentionner, le tabagisme effréné du premier clerc qui a obtenu de maître Deloncle l'autorisation de fumer à son poste de travail. « Exceptionnellement, en raison des circonstances », a très précisément dit maître Deloncle sans paraître se soucier de la nuisance supplémentaire occasionnée, et il m'a été de quelque réconfort de penser que la semaine se terminerait par la juste sanction de ces préjudices.

Je ne nie pas que la perspective d'avoir à extirper le poignard de son étui me soit pénible, non, je n'irais pas jusque-là. Mais je ne vois d'autre moyen que celui-là de mettre un terme à une période de mon existence par trop désorganisée.

Note du rapporteur
Suit ici la liste des achats vestimentaires programmés pour le lendemain jeudi, où figurent l'imperméable

et les bottes caoutchoutées dont sera équipé Jean Raizaud au moment de son arrestation.
Puis ceci :

Une fois nanti de ces pièces vestimentaires, je n'aurais plus qu'à procéder à un récapitulatif, que je qualifierais de solennel, destiné à attester de ma bonne foi quant à l'ensemble des suppressions qui me seront imputables pour la période du jeudi 3 (trois) au vendredi 11 (onze) octobre 1996 inclus.

Note du rapporteur
Ce récapitulatif ne sera pas porté ici pour les raisons habituelles de redondance.

INFOS-SOIR

Vendredi 11 octobre 1996

Nouvelles brèves.

(...)
Tentative d'assassinat.
Monsieur Jean Raizaud, comptable attaché à l'étude de maître Henri Deloncle, a été arrêté ce matin pour tentative d'assassinat sur la personne de la secrétaire, mademoiselle Ida Claude.

LE RÉGIONAL

Samedi 12 octobre 1996

L'auteur du meurtre des époux Ségurier arrêté hier matin. Un nouveau drame évité de justesse.

Le cabinet notarial de maître Henri Deloncle a été hier matin le théâtre d'un drame qui s'est conclu par l'arrestation de Jean Raizaud, comptable attaché à l'étude. Celui-ci a avoué être l'auteur de trois meurtres récents dont celui des époux Ségurier. Cette affaire pourrait porter un nouvel éclairage sur les circonstances de l'assassinat, dans la nuit du vingt-trois au vingt-quatre septembre dernier, du père de Jean Raizaud, assassinat qui avait conduit à l'inculpation du frère du meurtrier, Frédéric Raizaud. L'avocat de ce dernier a immédiatement demandé la libération de son client.

Lire la suite pages 2 et 3.

(page 2)
Le sang-froid de la secrétaire permet d'éviter une tragédie sanglante.

Quelques minutes après avoir pris son poste à l'étude qu'elle ouvre chaque matin à huit heures quinze, Ida Claude a eu hier la désagréable surprise de voir arriver Jean Raizaud armé d'un poignard. « Il était accoutré comme pour aller à la pêche et tremblait tellement que j'ai d'abord eu le réflexe de me précipiter vers lui pour l'aider à s'asseoir. C'est quand je l'ai vu brandir son poignard vers moi que j'ai pensé à Antoine et Sophie (les époux Ségurier). Je me suis dit qu'il fallait jouer la montre en attendant l'arrivée de maître Deloncle ou de Denis (Denis Combain, premier clerc). J'ai commencé à lui parler sans le quitter des yeux, heureusement que je connaissais ses points faibles, il ne peut pas supporter de regarder une femme en face. Il m'a crié plusieurs fois de me taire, puis s'est avancé vers moi avec son poignard qu'il tenait comme une pelle à gâteau. C'était quitte ou double : je lui ai dit que je ferais ce qu'il voudrait et j'ai enlevé mon chemisier. Ça l'a cloué sur place. Chaque fois qu'il essayait de faire un pas, j'enlevais autre chose. »
Le côté tragi-comique de ce récit n'enlève rien à l'horreur de ce qui aurait pu se produire sans la présence d'esprit de la jeune femme. Jean Raizaud en effet n'en était pas à son coup d'essai : il a avoué être l'auteur du meurtre de son collègue Antoine Ségurier et de l'épouse de celui-ci, enceinte de plus de huit mois (nos éditions des lundi sept et mardi huit octobre) ainsi que de celui de son voisin, monsieur René Galle, dont la mort le trois octobre dernier avait été tenue pour accidentelle.
D'abord mis hors d'état de nuire par maître Deloncle, Jean Raizaud n'a opposé aucune résistance à son arrestation. « J'étais dans mon bon droit », s'est-il justifié.

(page 2)

Le témoignage de la mère du meurtrier : « Jean nous a toujours fait peur »

(...)

(Titres de la page 3)

Le milieu de la haute finance : la dynastie Raizaud

Un comptable bien tranquille : le témoignage de maître Henri Deloncle

L'enfer du délire paranoïaque

Dimanche 20 (vingt) octobre 1996.

La possibilité m'est enfin donnée de reprendre mes comptes rendus. Non que cela m'eût été interdit, mais je dois à la vérité de dire que je n'ai pas trouvé ici les conditions nécessaires à une existence ordonnée. C'est bien à tort que j'avais cru pouvoir bénéficier de l'isolement cellulaire et des règles strictes de la vie carcérale, car je ne cesse d'être dérangé pour des entretiens dont l'utilité m'échappe et le va-et-vient qui m'est imposé va à l'encontre d'une activité d'écriture tant soit peu suivie.

« Que puis-je faire, ai-je pris sur moi de demander à mon juge d'instruction, pour être dispensé de ces entretiens dont l'utilité m'échappe ? », sur quoi il a continué à me questionner sans paraître se soucier de me laisser sans réponse, ce qui m'a déstabilisé. « Je ne vois pas, ai-je repris sur moi d'insister, qu'il y ait lieu de poursuivre quand j'ai reconnu être l'auteur de ces trois suppressions, et les registres que j'ai veillé à vous faire remettre, lui ai-je rappelé, sont là pour me représenter auprès de vous comme de quiconque souhaite s'assurer de ma bonne foi. Je souhaite, ai-je conclu, bénéficier dorénavant de la vie carcérale sans plus être dérangé. »

Si je tiens à rapporter la teneur exacte de mes propos, qui datent d'avant-hier, ce n'est que pour en souligner le caractère rationnel qui me paraissait devoir les faire entériner sans réserve. D'où l'incompréhension qui a été la mienne lorsque je me suis entendu une nouvelle fois proposer d'avoir recours à un avocat. « Si vous avez à redire à nos procédures, a en effet commenté mon juge d'instruction, il ne tient qu'à vous de prendre un avocat au lieu de vous acharner à le refuser. »

Tout cela était très pénible et j'ai dû de nouveau prendre sur moi pour faire observer que la proposition qui m'était faite manquait de la logique que j'étais en droit d'attendre d'un haut représentant de la justice. « Que je sache, ai-je dit, la fonction d'un avocat est de défendre son client et je ne peux qu'attirer de nouveau votre attention sur le fait que je ne me défends de rien, au contraire », sur quoi la parole m'a été coupée. « Nous avons donc de la logique, m'a-t-il été répondu, une conception différente », ce qui a eu pour effet de me déstabiliser. Plus précisément de provoquer une sorte d'absence momentanée de ma personne, je ne puis mieux le décrire. « Que je sache, ai-je fini par me reprendre, la logique est la logique. »

Je me trouve contrarié, alors que je viens à peine de me remettre à mes notes, de constater qu'il m'en coûte de solliciter ma mémoire pour rendre compte des nuisances qui me sont faites ici. Non que je sois sujet à des défauts d'enregistrement des données comme cela a pu m'arriver par le passé, mais il m'en coûte, je ne puis mieux dire. Au point que j'ai dû tout à l'heure poser ma plume pour prendre quelque repos.

« Si tel est le cas, a objecté mon juge d'instruction, j'attends de vous un récit logique de l'exécution des victimes », et il ne m'a pas échappé que, si son obstination à obtenir de moi des détails que je ne pouvais lui fournir restait entière, la formulation de sa demande avait changé. « De *mes* victimes, ai-je donc corrigé, et je ne puis que vous répéter que ma volonté de les voir disparaître semble avoir suffi à leur suppression effective. Ce dont, ai-je aussi répété, je ne puis que me féliciter eu égard à mon horreur du contact corporel. »

« Vous maintenez donc, s'est-il encore obstiné, que votre désir seul de tuer a suffi », à quoi j'ai eu l'obligeance de répondre une fois de plus qu'il s'agissait moins de maintenir que de dresser un constat précis des faits. « La logique, n'est-ce pas », a-t-il commenté à ma satisfaction. Aussi me suis-je permis de conclure que, puisqu'il semblait enfin agréer mon témoignage, il n'était plus besoin de poursuivre. Sur quoi il m'a pris comme on dit de court en me demandant de bien vouloir lui rappeler quelle était la pointure de mes gants. Puis, une fois obtenu de moi ce renseignement que je n'avais pas de raison de lui refuser, il m'a invité à lui fournir une explication logique, ce sont ses propres termes, à la présence d'un gant d'une pointure bien moindre dans le jardin du deuxième clerc, « un gant de femme, a-t-il précisé, nettement inadapté à la main de madame Ségurier mais je ne doute pas, a-t-il dit en mettant fin à notre entretien, que votre esprit rationnel saura venir à bout de ce mystère. Je ne saurais toutefois que vous exhorter encore à demander les services d'un avocat. »

Je dois à la vérité de dire que l'état abattu où je me suis trouvé au moment de saluer mon juge d'instruction m'a poussé à donner mon accord. Pour l'avocat, veux-je dire. « Je ne crois pas être en mesure, ai-je trouvé la force d'énoncer, de réfléchir au problème que vous avez l'obligeance de me soumettre, non plus que d'endurer la répétition des divers entretiens qui me sont ordonnés. Si je puis obtenir l'assurance d'être allégé de ces formalités en acceptant les services d'un avocat, je m'y résoudrai. »

Je n'ai pas omis d'exiger que l'avocat soit de sexe masculin. D'où mon mécontentement lorsque m'a été annoncée hier la visite d'une avocate. Plus précisément de « votre avocate », m'a-t-il été dit. Et il est de fait que c'était la même. Que lors de ma garde à vue pour la suppression de père veux-je dire. À ceci près que ses cheveux avaient été raccourcis.

Lundi 21 octobre.

La mise en présence m'a été très pénible bien que je lui aie su gré d'être plate. À l'avocate veux-je dire. À être dans l'obligation de côtoyer une femme, il est préférable pour moi qu'elle soit plate. Et vêtue hermétiquement, ce qui était le cas. « Je souhaite, lui ai-je fait savoir, que vous conserviez cette tenue hermétique pour les entretiens ultérieurs », à quoi elle n'a pas opposé d'objection. « Je souhaite aussi, ai-je poursuivi, que ces entretiens soient réduits au minimum nécessaire », à quoi elle a acquiescé. « Je vous demanderai, ai-je ajouté pour clôturer de mon côté cette mise en présence pénible, de vous dispenser de toute indiscrétion à mon égard », à quoi elle a eu l'audace de répondre que cela lui serait difficile, ce qui m'a quelque peu déstabilisé. Tout de même. Je dois cependant à l'honnêteté d'avouer que je n'ai pas trouvé à redire à ce qu'elle a présenté comme étant le programme des réjouissances. Non que je me réjouisse, puisque le terme a été employé, d'un programme qui prévoit de reprendre mon dossier pour ainsi dire à zéro, non. Mais la méthode, n'est-ce pas. Le programme veux-je dire.

En dépit, voulais-je plus précisément dire, qu'elle soit une femme, la méthode proposée ne manque pas de rigueur. En trois points, est-elle même allée jusqu'à préciser. L'avocate, puisqu'il s'agit toujours d'elle. Sans compter qu'elle a eu l'obligeance d'accorder foi à mon témoignage. « Je vous reçois dix sur dix », m'a-t-elle fait savoir, expression que j'ai d'abord eu quelque peine à comprendre. Aussi ai-je accepté de lui faire remettre l'ensemble des photocopies de mes registres, d'autant que l'état fort bien rangé de sa serviette ne me portait pas à redouter qu'elles fussent mal traitées. Les photocopies. « J'en prendrai grand soin », m'a-t-elle d'ailleurs assuré. L'avocate. Il s'agit toujours d'elle. Qui m'a d'autre part appris que les premiers résultats de l'autopsie du deuxième clerc et de son épouse constituaient un scoop, c'est le terme exact qu'elle a utilisé. Un scoop. « Je ne souhaite pas, me suis-je empressé de lui dire, être informé plus avant », à quoi elle a rétorqué à mon grand mécontentement que ce que je souhaitais ou pas lui était indifférent.

Redoutant qu'elle ne se lance dans des descriptions que je me refusais à entendre, je lui ai dit qu'il était déjà bien assez d'avoir eu à endurer la présence physique du deuxième clerc et de son épouse pour devoir supporter la description de leur personne interne. « Je vous rappelle, ai-je ajouté d'un ton que je qualifierais de sans réplique, qu'ils ont été supprimés par mes soins en raison des nuisances qu'ils exerçaient sur ma personne et je vous fais observer, à titre d'avertissement comme on dit, que toute description à laquelle vous vous livrerez contre mon gré sera tenue pour une nuisance à mon égard. » À quoi elle a répondu « taratata », c'est le mot exact. Tout de même. Que je sache, ce n'est pas là le langage qu'on est en droit d'attendre d'un avocat, fût-il du sexe féminin. Tout de même.

Sous le prétexte que je suis pour ainsi dire à sa merci s'agissant de ma tranquillité, dont elle fait d'ailleurs fi de façon éhontée bien que les honoraires annoncés soient conséquents. Puisque, après m'être vu infligé ce « taratata » déplacé, il m'a été rendu compte, contre mon gré, du premier rapport du médecin légiste, lequel premier rapport, ai-je fini par comprendre, faisait planer un doute sur le rôle qui avait été le mien dans la suppression des susdits.

Tout cela était très pénible et l'a été plus encore quand il m'a été dit clairement, au terme de l'entretien, qu'on me soupçonnait de n'être pas l'auteur des suppressions que je revendiquais.

Mardi.

Avoir eu l'impudence de décliner ses nom et prénom, tout de même. Que je sache, nous ne sommes pas à tu et à toi. Sous le motif, ai-je cru comprendre, que nous avions du pain sur la planche. Nous. Tout de même. Alors que je venais de prendre sur moi de lui exposer, de façon circonstanciée, mon mécontentement quant au peu de cas qui était fait de mes témoignages et, partant, mon refus de tout nouvel entretien avec quiconque. « Puisqu'il semble acquis, ai-je conclu, qu'il n'a pas été jugé bon de s'en remettre à ma bonne foi, je ne puis plus être d'aucune utilité. Aussi vous rends-je votre liberté. » À quoi elle a répondu sans souci de cohérence, l'avocate veux-je bien sûr dire : « Bon, c'est fini de rabâcher ? Parce que nous avons du pain sur la planche. Et tant que j'y suis, mettez-vous dans la tête que je ne suis pas une chose qu'on prend et qu'on jette mais un être humain, de sexe féminin, avec un prénom et un nom. » Qu'elle a eu l'impudence, donc, d'énoncer ainsi que je le mentionnais en préambule.

Pour sans transition m'entendre sommer, c'est le mot, de concentrer mon attention sur mes gants. Ceux, veux-je dire, que je portais sur les lieux des suppressions pour me protéger des contacts corporels. Non sans m'avoir fait observer, l'avocate, qu'un assassin qui se respecte enfile plutôt des gants pour ne pas laisser d'empreintes. À quoi j'ai répondu qu'il n'était entré à aucun moment dans mes intentions d'entraver l'action de la justice, au contraire. Réponse qui m'a valu d'être une fois de plus interrompu sous le motif que je la fatiguais, l'avocate, à tourner ainsi en rond.

Je dois à la vérité de dire que je me trouve abattu par la constance de mes divers interlocuteurs à exiger de moi que je modifie ma façon de voir. Ainsi de l'avocate, toujours elle, qui, après m'avoir accusé de la fatiguer, a voulu me faire entendre qu'il y avait d'autres façons de voir les choses. « Que je sache, ai-je tenté d'argumenter, les faits sont les faits », sur quoi je n'ai pu terminer ma démonstration en raison de la subite fragmentation, c'est le mot, de mes pensées, ou peut-être de ma personne, je ne sais, laquelle fragmentation se répète, j'insiste, chaque fois qu'on exige de moi que je modifie ma façon de voir.

Vendredi.

Il a enfin été confirmé, ai-je eu la satisfaction d'apprendre, que je n'avais pas usé de ma personne physique pour supprimer le deuxième clerc et son épouse. « Cette information paraît vous mettre en joie », m'a dit l'avocate, et il est de fait que je ne pouvais qu'apprécier que justice soit rendue à mon témoignage. « Je ne peux qu'apprécier, ai-je dit, qu'il soit admis scientifiquement, puisque tel est le cas, que le contact physique ne m'a pas été nécessaire pour procéder à la suppression des susdits. Non que je n'y étais pas résolu, bien qu'il m'en coutât, pour mettre fin à leurs nuisances à mon égard, mais il n'a heureusement pas été nécessaire. Le contact, veux-je dire. Pour autant, me suis-je empressé de préciser, je me suis purifié comme il convenait dès mon retour chez moi. Le fait seul, n'est-ce pas, de les approcher pour m'assurer que leur suppression était effective justifiait cette précaution. » À quoi elle a répondu par un hochement de tête que je qualifierais d'approbateur. L'avocate. Qui, j'ai omis de le préciser, était moins arrogante que de coutume, peu pressée de me couper la parole et plus du tout obstinée à exiger de moi que je modifie ma façon de voir. Tout de même.

Aussi me suis-je permis de lui faire observer que, si gain de cause m'avait été rendu pour ce qui était des modalités de la suppression du deuxième clerc et de son épouse, il en irait sans aucun doute de même quant à celle de mon voisin de palier. Rétroactivement en quelque sorte. « Sans aucun doute, a-t-elle commenté. D'autant, a-t-elle ajouté, qu'un appel à témoins a été lancé. »

La contrariété occasionnée par cette information n'a cependant rien été en regard de ce qui a suivi puisque cette créature, l'avocate, s'est alors pour ainsi dire livrée à une attaque frontale de ma personne à laquelle je n'étais pas préparé. « Écoutez-moi bien, monsieur Jean Raizaud », a-t-elle dit et j'atteste sur l'honneur que ce sont les termes exacts prononcés par cette créature, l'avocate, pour s'adresser à moi. En déclinant mes prénom et nom comme si nous étions à tu et à toi. En m'ordonnant, c'est le mot, de bien l'écouter, elle, une femme. Tout de même. Et comment me retirer quand je suis ici sous haute surveillance, c'est le mot ?

« Je vous interdis », ai-je dit, ou plutôt crié, je ne peux le nier. Mes prénom et nom, dans la bouche de cette créature. Tout de même. Ce qui ne l'a pas empêchée de poursuivre, sans souci de mon mécontentement, pour me rappeler mes devoirs envers la justice. « Je vous rappelle, a-t-elle dit très précisément, que vous êtes tenu de communiquer tous les éléments, je dis bien tous, de nature à identifier la personne, homme ou femme, qui pouvait connaître vos intentions meurtrières, faute de quoi vous encourrez une inculpation pour délit d'entrave à la justice », et il n'est pas excessif de dire que j'ai été comme assommé par cette prescription incohérente.

Je dois convenir que l'obligation qui m'est faite de fractionner mes écritures pour prendre quelque repos a pour effet favorable de décontaminer mon esprit. Décontaminer, c'est le mot. Je ne puis dire mieux s'agissant des pensées dont on s'efforce ici de le coloniser. Car il est en permanence infiltré, mon esprit veux-je dire, de considérations qui ne demanderaient qu'à s'y incruster si je n'y prenais garde. Mais je dois à la vérité d'avouer que l'effort qui m'est nécessaire pour me défendre de cet envahissement est très pénible. Sans compter les répercussions fâcheuses sur ma personne physique dont les fonctions vont se dégradant, surtout pour ce qui est de se nourrir. Non que les menus laissent à désirer mais mon estomac se refuse, c'est très pénible.

Cela cependant n'est rien à côté des larmes qui s'échappent pour ainsi dire à tout bout de champ de mes yeux, y compris durant mon sommeil. Ainsi ai-je eu la surprise de découvrir ce matin que mon oreiller était trempé, ce qui n'est guère plaisant, tandis que j'étais moi-même dans un état des plus inconfortable, les paupières boursouflées au point d'altérer ma fonction visuelle.

Et je ne veux pour preuve de ma bonne foi quant à l'entreprise délibérée de colonisation de mon esprit que l'expression employée, puis répétée par l'avocate alors que j'étais encore comme assommé par sa prescription incohérente : « Enfoncez-vous bien dans la tête, a-t-elle dit, ou plutôt martelé, que vous n'êtes pour rien dans ces meurtres, et enfoncez-vous aussi dans la tête que le meurtrier connaissait tout de vos fantasmes, à croire, a-t-elle ajouté, qu'il lisait dans vos pensées comme dans un livre. » Propos qui n'ont fait que me conforter dans la conviction qu'un complot s'ourdissait ici contre ma personne.

« Êtes-vous disposée, ai-je alors pris sur moi de lui demander, à consigner les propos que vous venez de me tenir ? », à quoi elle s'est dispensée de répondre. Aussi lui ai-je fait savoir que, pour ma part, je prendrais note de sa tentative éhontée d'enfoncer ses pensées dans ma tête. Ce qu'elle n'a pas paru entendre puisque, avant même que soit terminée ma phrase, elle s'est pour ainsi dire jetée sur sa serviette pour en retirer mes photocopies et les agiter sous mon nez.

Je conviens n'avoir pas été insensible au soin qu'elle leur a accordé. L'avocate. À mes photocopies. Allant jusqu'à les protéger d'une jaquette plastifiée, ce dont je lui ai su gré en dépit de l'agitation qu'elle leur communiquait. « Qui, m'a-t-elle demandé *ex abrupto*, avait accès à vos registres ? »

Sans doute le fait de n'avoir pas été préparé à une telle question est-il à l'origine du quiproquo qui s'est ensuivi. Je ne vois en tout cas pas d'autre explication au fait que j'ai répondu d'une manière que je qualifierais d'automatique : « Mère, père et mon frère également. Non que la preuve formelle m'en ait jamais été donnée, mais j'ai eu maintes fois le soupçon que l'ordonnancement de mes affaires avait été dérangé. Au point que j'ai été jusqu'à prendre sur moi de m'en ouvrir à mère. « Qui vous a dit quoi ? » s'est-elle enquise, l'avocate, à qui j'ai rappelé que nous étions convenus de son devoir de discrétion. Ce qui ne l'a pas empêchée de réitérer jusqu'à me mettre dans la pénible obligation de rapporter les propos définitifs, c'est le mot, qui étaient ceux de mère dès lors que je prenais sur moi de m'adresser à elle : c'est un enfer, disait-elle, que de cohabiter avec un paranoïaque. « C'est pourquoi, me suis-je empressé de conclure, mes soupçons n'ont jamais été confirmés ni infirmés. »

C'est à ce moment précis de l'entretien, dont j'ignorais encore qu'il reposait sur un quiproquo, que j'ai perçu que des larmes s'échappaient de mes yeux. Devant l'avocate. Contre mon gré. C'était très gênant. D'autant que ma personne physique se refusait à exécuter les mouvements destinés à soustraire ma face trempée à son regard. De sorte qu'elle était comme exposée nue, ma personne physique, pas l'avocate, nue et immobile.

« Votre mère, donc », a-t-elle dit et force m'est de convenir que ces paroles m'ont tiré de mon embarras. « Ainsi, je le répète, que père et mon frère Frédéric », ai-je pu répondre, sur quoi elle m'a fait observer que père et Frédéric étaient hors de cause. « Père et Frédéric, ai-je insisté, étaient des plus indiscrets à mon égard et mes soupçons portaient autant sur eux que sur mère. » « Que me chantez-vous là ? Votre père était déjà mort et votre frère en prison quand vous couchiez par écrit vos intentions meurtrières. »

Si je me suis efforcé de relater dans le détail ce quiproquo d'autant plus pénible qu'il m'a poussé à faire fi de la discrétion en exposant des faits anciens, sans rapport aucun avec l'actualité veux-je dire, ce n'est que pour montrer combien m'est dommageable la colonisation de mon esprit par les pensées d'autrui.

Samedi.

J'irai même plus loin que le dommage évoqué hier. Car cette femme, l'avocate, use à mon détriment des photocopies que j'ai eu le tort de lui faire remettre. Loin d'y trouver les preuves tangibles de ma bonne foi, et quant aux nuisances qui m'ont été faites, et quant à l'obligation où je me suis trouvé de supprimer leurs auteurs, et, partant, quant à l'imputabilité desdites suppressions, elle ne s'est attachée qu'à relever l'expression de mes soupçons. Dont elle a établi une liste des plus complètes assortie, comme j'ai moi-même coutume de le faire, des dates et numéros de pages auxquels renvoient les citations. Les miennes, en l'occurrence.

Il est certes de fait que mon souci de la précision me pousse à noter, à côté des indiscrétions que je qualifierais d'avérées en paroles, faits ou gestes, celles dont je pense être l'objet sans pouvoir toutefois en attester. Ainsi de l'impression que j'ai eue par trois fois, puisque tel est le résultat du recensement de l'avocate, d'avoir été suivi sur le trajet de mon bureau à mon domicile et vice versa.

Ou, une fois selon le recensement, le constat d'un défaut dans l'ordonnancement de mon secrétaire. Le meuble qui me tient lieu de bureau veux-je dire. Il est aussi de fait que, à deux reprises, j'ai mentionné n'avoir eu à donner qu'un tour de clef au lieu des deux tours habituels pour ouvrir ma porte d'entrée. De cela je ne puis que convenir, mais tout de même. Pour soucieux que je sois de ne rien négliger qui puisse attester de ma bonne foi, je n'irais pas jusqu'à présenter des soupçons pour des preuves, non. Tout de même. « Que je sache, ai-je dit à l'avocate, non sans l'avoir au préalable complimentée pour la rigueur de sa méthode, ces observations manquent à être étayées. » « J'entends, j'entends », a-t-elle commenté, pour aussitôt objecter qu'elle serait cependant fort surprise que je me trouve en défaut sur une donnée telle que le nombre de tours de clef. « J'en serais également étonné mais ce n'est pas une raison, me suis-je défendu, d'autant qu'il n'existe qu'un exemplaire de la clef de mon appartement, dont je ne me dessaisis jamais. » « J'entends, j'entends, a-t-elle répété, et bien sûr, a-t-elle ajouté, vous ne voyez pas qui aurait pu faire fabriquer à votre insu un double de cette clef. » Paroles qui ont eu pour effet d'induire un malaise déplaisant dans ma personne. « En règle générale, s'est-elle obstinée, un boîtier de serrure est livré avec deux clefs », à quoi j'ai répondu que tel avait en effet été le cas pour le mien. Aussi m'étais-je empressé, ai-je précisé, de déposer le deuxième exemplaire de ma clef dans mon coffre bancaire d'où il n'a pas bougé depuis douze ans.

Un double de ma clef. À mon insu. Tout de même.

Le malaise évoqué hier est allé s'amplifiant au point que j'ai quelque peine à me remettre à mes écritures malgré les longues périodes de repos que je m'accorde. Encore que le terme de repos laisse à désirer puisque à peine suis-je étendu sur ma couchette que je suis victime de larmes en grande quantité. Je dois à la vérité d'avouer que je suis inquiet pour ma personne qui me paraît être chaque jour plus altérée que la veille.

Je me trouve altéré et inquiet, je ne puis mieux dire pour aujourd'hui.

Elle est revenue sur ma clef, ce qui a eu pour effet immédiat de faire couler les larmes. Et de me murer, c'est le mot, dans le silence. Mais comment me justifier de l'effet pénible qu'elle produit sur moi, la clef veux-je dire, quand j'en ignore le mécanisme ?

« Votre frère ou vos parents peut-être ? » a-t-elle insisté.

« Qu'est-ce qui vous fait pleurer ? » a-t-elle aussi demandé.

« Je ne peux pas vous obliger à dire ce que vous ne voulez pas dire. » Cela en mettant fin à l'entretien.

Elle m'a encore demandé si je pensais possible que mère, ou père, ou mon frère aient fait faire à mon insu un double de la clef, question qui a eu sur moi les mêmes conséquences fâcheuses que ces derniers jours. Les larmes veux-je dire. Bien que je répugne à intercéder en ma faveur, je n'ai pu qu'attirer l'attention sur l'altération croissante dont ma personne était l'objet depuis qu'on s'obstinait à enfoncer dans ma tête des façons de voir qui n'étaient pas les miennes. « Je vous saurais gré, ai-je intercédé, de tenir compte davantage que vous ne le faites de mon abattement et de l'inquiétude qui en résulte. Considérez cela comme une requête. Une requête pressante », ai-je spécifié.

Le souvenir de cette requête et des larmes qui l'accompagnaient m'est très pénible. Je crains quelque développement fâcheux. Je ne puis mieux dire.

Elle m'a aussi demandé quelle avait été la réaction de mère lorsqu'elle avait eu connaissance des dispositions testamentaires de père en ma faveur. À quoi je n'ai pu répondre. Mais l'effet de cette question sur ma personne a été tel qu'il a fallu faire appel au médecin chargé de mon suivi. Je ne puis que répéter que je suis inquiet quant aux développements.

Le médecin chargé de mon suivi depuis mon arrivée ici m'a encouragé à prendre sur moi de poursuivre mes témoignages écrits en dépit du surcroît d'abattement qu'ils m'occasionnent. Je ne suis pas certain de pouvoir lui donner satisfaction. Non que je souhaite délibérément contrarier cet homme qui n'a jamais mis en doute ma bonne foi, mais il m'en coûte de plus en plus.

Elle m'avait aussi exhorté lors d'un des derniers entretiens à fouiller dans ma mémoire. L'avocate. Au sujet de mère veux-je dire. Il me paraît important de lui faire savoir que ma mémoire est excellente. Maître Deloncle en témoignera si besoin, qui ne l'a jamais prise en défaut. Sans compter mère elle-même qui en est convenue devant le juge d'instruction. Une mémoire d'éléphant, avait-elle dit, ce sont ses propres termes.

Elle m'a fait dire que la demande de libération déposée par mon frère avait été rejetée, nouvelle qui m'a été de quelque réconfort. Bien qu'étant mon frère, Frédéric s'est souvent montré désobligeant à mon égard et ce malgré les aides que je lui ai consenties dans le domaine financier aussitôt que j'ai été en situation de pouvoir le faire, soit dès l'âge de treize ans. Je ne mentionne pas cela pour me rengorger, mais dès lors que l'avocate a cru devoir me rappeler l'existence de mon frère, je ne puis empêcher que me revienne le souvenir de ses ingratitudes à mon égard. Voire de ses nuisances verbales lorsqu'il se mêlait d'empiéter sur l'intimité de ma personne.

Je crois devoir entendre dans cette nouvelle que mon blanchiment quant à la mort de père n'est pas remis en question, d'où une raison supplémentaire d'être réconforté. Il m'aurait été pénible qu'on s'avise d'enfoncer dans ma tête la pensée que la mort de père m'était imputable. Non que je n'y aie pas gagné en tranquillité, non, surtout s'agissant des chevets. Mais pour désobligeant qu'ait été père envers moi à maintes reprises, je tenais de lui un présent. Le seul présent qu'il m'ait été donné de recevoir. Non que j'eusse souhaité en bénéficier plus souvent, non. Cela m'aurait été pénible que d'être redevable à autrui. Mais tout de même.

Sans compter ses dispositions en ma faveur.

Je n'ai pu ce matin accéder au souhait de l'avocate de s'entretenir avec moi. Je suis défait de ma personne depuis que mes pensées se sont portées sur père. J'ai sollicité en vain qu'on me restitue le poignard dont il m'avait fait le don. Le seul présent que je tienne de lui, ai-je dit, bien qu'il m'en ait coûté de me ravaler à cette extrémité.

La pensée que père ait pu prendre ombrage de mon peu d'empressement à recevoir son présent est la plus pénible.

Il m'est également pénible de ne pouvoir satisfaire le médecin chargé de mon suivi lorsqu'il attend de moi que je lui parle. Il vient encore de m'encourager à me faire violence, ce sont ses propres mots, pour poursuivre mes témoignages écrits. « Ma main semble se refuser », lui ai-je dit, sur quoi il m'a conseillé de fractionner mes comptes rendus. « Comme pour la nourriture », a-t-il ajouté.

Dans quel but père aurait-il fait fabriquer un double de ma clef ? Que je sache, il ne semblait guère soucieux de ma personne. Au point qu'il n'avait pas jugé utile de me faire savoir qu'il était sur le point de ratifier ses nouvelles dispositions testamentaires, ce dont je l'aurais dissuadé.

Toujours la pensée pénible que père n'était pas satisfait de ma personne. Sans doute aurait-il apprécié de me voir accueillir son présent avec un empressement égal à celui de mon frère.

Le médecin chargé de mon suivi m'a fait observer que j'avais quarante ans aujourd'hui. Nous sommes donc le 31 (trente et un) octobre.

J'ai trouvé dans l'agencement des barreaux de ma cellule matière à détourner les pensées pénibles et je me trouve moins défait de ma personne. Je ne puis que m'étonner de n'avoir pas remarqué plus tôt cette particularité géométrique intéressante. Force m'est de convenir que j'ai par trop relâché ma vigilance quant à l'ordonnancement de mon cadre de vie. Relâchement d'autant moins justifié qu'on ne m'importune plus pour s'entretenir avec moi. Sans doute les témoignages de ma bonne foi commencent-ils à être pris en compte. Jusqu'à l'avocate qui semble avoir entendu que sa présence m'était indésirable et se contente de déléguer pour ce qui est des informations.

Elle m'a fait dire que mère serait entendue demain à onze heures. Par le juge d'instruction. L'observation des barreaux de ma cellule ne m'a été d'aucun secours. Je suis à nouveau très défait de ma personne.

Pourquoi mère ?

Je n'ai dû cette nuit qu'à un grand épuisement de mettre fin à un mouvement de destruction de ma personne, ce sont les termes qui me viennent pour rendre compte du désagrément dont j'ai été victime. Je ne garde aucun souvenir de ce qui a pu me pousser à cette extrémité car je suis passé pour ainsi dire sans transition du sommeil à la perception d'une vive douleur de ma tête, dont je n'ai d'abord pas compris qu'elle m'était infligée par moi-même. Puisque, de fait, je n'étais occupé que de précipiter mon crâne sur le mur qui borde mon lit, sans répit et comme sans la volonté de cesser. Sans la volonté de cesser, je ne puis mieux dire. L'épuisement seul est venu à bout de ces précipitations de mon crâne sur le mur, après quoi je me suis rendormi.

À supposer qu'elle ait raison, pour la clef veux-je dire, je ne vois pas qu'il y ait lieu d'imputer les suppressions à qui que ce soit d'autre que moi. Sans compter les mobiles dont je ne manque heureusement pas. Alors qui d'autre, n'est-ce pas.

Bien que je convienne qu'il soit malaisé pour autrui d'entendre que les suppressions se soient pour ainsi dire effectuées d'elles-mêmes, du fait de ma seule volonté veux-je dire. Mais de là à penser que quelqu'un m'aurait en quelque sorte prêté sa main, non. Tout de même. Il faut accepter de se rendre à l'évidence. Que je sache, je ne me suis jamais laissé aller à solliciter l'aide de quiconque pour ce qui est de mes obligations tant personnelles que professionnelles. Tout au plus, après l'achat de mon appartement, les services d'une société de déménagement bien qu'il m'en ait coûté, mais comment faire autrement. Ou ceux des livreurs quand la nécessité se présentait d'acquérir du mobilier encombrant. Mais que je sache, on ne peut tenir ces services dûment rémunérés pour des sollicitations. D'ailleurs mon juge d'instruction ni l'avocate n'ont tenté de m'enfoncer dans la tête que j'avais usé de la main d'autrui pour accomplir ce que la mienne répugnait à faire. Non. Ils n'ont pas eu l'audace d'aller jusque-là.

Je dois à la vérité de dire que le souvenir m'est revenu, tandis que je prenais quelque repos, d'avoir sollicité de mon concierge qu'il réceptionne en mon nom un réfrigérateur, ce afin de n'avoir pas à empiéter sur mes horaires de travail. J'ai rendu compte de cet événement dans mon registre et, si besoin était, le bon de livraison signé de la main de mon concierge tiendrait lieu de preuve. À cause de la clef veux-je dire, que j'ai dû lui confier pour la matinée, ce qui était sorti de ma mémoire quand la question est venue sur le tapis. Je tiens toutefois à préciser que la sollicitation que j'évoque tenait plutôt d'un arrangement à la faveur de mon concierge puisque je lui ai fait don de mon ancien réfrigérateur, qui était en fort bon état. Non que j'aie coutume de jeter l'argent par les fenêtres comme on dit, mais mon ancien réfrigérateur manquait de commodités quant au compartiment de congélation. Sans doute devrais-je faire part sans tarder à l'avocate de cet oubli.

Je ne sais à quoi je dois le changement de disposition que je perçois dans ma personne, mais il est de fait que ma plume retrouve enfin de sa vélocité passée. Cette histoire de clef, sans doute, dont je conviens qu'elle devenait obsédante, c'est le mot. Mon concierge, bien sûr, il m'étonne de n'y avoir pas pensé plus tôt. Il est cependant peu douteux que l'avocate, qui a procédé à une lecture minutieuse de mes comptes rendus, soit passée à côté de cette information. Bien qu'elle n'ait pas jugé utile de me le faire savoir. Il est vrai qu'elle avait perdu son arrogance à mon égard lors de nos derniers entretiens.

En tout cas, je suis maintenant en mesure de faire un récit circonstancié de la livraison de mon réfrigérateur, qui m'avait causé quelque inquiétude. Pas le réfrigérateur, la livraison, du fait des horaires syndicaux, n'est-ce pas : le matin seulement et le samedi excepté. Quelque inquiétude, voulais-je dire, quant à la nécessité d'abandonner mon appartement à autrui, avec les indiscrétions que cela suppose. Aussi avais-je apprécié que mère, qui avait eu l'obligeance de s'intéresser à mon achat et de me prodiguer ses conseils quant aux caractéristiques utiles du compartiment de congélation, propose de venir s'assurer en mon absence de la bonne marche de la livraison et du respect de la discrétion.

De l'obligeance à mon égard, je ne puis mieux dire. Sans compter qu'elle avait veillé à ce que ma cuisine soit laissée en ordre, ce dont je lui avais su gré.

J'ai été interrompu par une douleur dans la partie gauche de mon thorax, qui s'est heureusement vite estompée. Sans doute la vélocité retrouvée de mon écriture s'accomode-t-elle mal de l'altération de ma personne physique. Il faudra que je prenne sur moi de me nourrir plus copieusement que je ne le fais.

Il me paraît d'une extrême importance de communiquer à l'avocate qu'il s'agit du concierge. Pour la clef veux-je dire. Il est fâcheux que le souvenir de cet événement ne me soit pas revenu plus tôt. Le concierge, bien sûr. Qui d'autre ? Elle aurait dû me rappeler la livraison de mon réfrigérateur. « Bien sûr, m'avait-elle dit, je me souviens des termes exacts, vous ne voyez pas qui aurait pu faire fabriquer à votre insu un double de votre clef », ses termes exacts, je puis l'affirmer, alors qu'elle avait procédé à une lecture de mes notes assez minutieuse pour établir une liste de mes soupçons. Elle ne pouvait donc ignorer qu'il s'agissait de mon concierge. Le concierge, bien sûr. Qui d'autre ? « Vous êtes un type bizarre », m'avait-il dit, je m'en souviens fort bien. Sans compter ses indiscrétions à mon égard. Et sa façon de comploter dans mon dos avec ma voisine du dessus.

Mère n'aura pas eu la vigilance souhaitée, c'est certain. Elle sera arrivée bien après que j'ai remis la clef à mon concierge et il aura mis ce délai à profit pour faire fabriquer un double. C'est une hypothèse qu'il me paraît important de communiquer à l'avocate : le délai entre la passation de la clef de ma main à celle de mon concierge et l'arrivée de mère. Je ne vois aucune autre explication. Il est maintes fois arrivé que mère prenne des engagements qu'elle ne pouvait tenir, je pourrais si besoin fournir bien des exemples à cet égard. Ainsi, lorsque mes professeurs demandaient à s'entretenir avec elle, répondait-elle favorablement pour s'aviser le moment venu être entravée par une obligation qu'elle ne pouvait remettre. Il est même arrivé qu'elle m'ait convié pour les vacances d'été, qu'elle passait chaque année avec père et Frédéric en bord de mer. Je m'en souviens fort bien car cet événement devait récompenser l'approche de mes dix ans, et je dois à la vérité d'avouer avoir été contrarié de n'être pas finalement du voyage comme on dit. J'ai quelque peine à me remémorer la raison de cette annulation de ma personne mais, si nécessaire, mère devrait s'en souvenir. Sans doute avait-elle été elle-même ennuyée de devoir revenir sur son engagement. D'autant que, ma place en colonie de vacances n'ayant pas été retenue, il a dû lui coûter de trouver à qui me confier. « Il est si pénible de cohabiter avec toi », me disait-elle souvent. Sans doute aurait-elle apprécié que je fusse différent de ma personne.

Elle a été retardée par quelque empêchement de dernière minute, c'est certain. Pour la réception de mon réfrigérateur veux-je dire. Peut-être même n'a-t-elle pu se présenter de la matinée et n'a-t-elle pas souhaité me contrarier en m'informant de son empêchement. Après tout, je n'ai eu affaire qu'au concierge, pour la clef veux-je dire, que je lui ai confiée à huit heures pour la reprendre, de sa main, à douze heures trente. À supposer que la livraison l'ait occupé une heure durant, il n'a eu que trop de temps pour en faire fabriquer un double, n'est-ce pas.

Je me trouve en tout cas satisfait d'avoir retrouvé ma vélocité à rendre compte. Il me paraît de la plus extrême importance que ces éléments soient versés au dossier d'instruction.

Il ne m'en a pas coûté de me nourrir correctement à midi et j'ai pu me remettre aussitôt à mes écritures, ce qui me conforte dans la pensée que ma personne se ressaisit. Sans doute le loisir qui m'est enfin accordé de bénéficier des règles strictes de la vie carcérale commence-t-il à porter ses fruits.

Il me semble cependant qu'il eût été courtois de la part de l'avocate, ou de mon juge d'instruction, de m'informer. Quant aux propos de mère, veux-je dire. D'autant que j'ai à communiquer des informations d'une extrême importance. Il serait fâcheux, n'est-ce pas, que l'avocate, ou mon juge d'instruction, s'embarquent comme on dit sur une fausse piste pour avoir négligé de penser à mon concierge. Maintenant que me voilà convaincu de la part active qui a été la sienne dans les suppressions, je ne puis que convenir avoir conclu trop hâtivement qu'elles m'étaient imputables du seul fait que je les avais programmées. Sans doute n'ai-je pas apprécié à sa juste valeur le complot dont j'étais l'objet dans mon immeuble. Le concierge et la voisine du dessus, bien sûr, qui par deux fois, je le rappelle, s'en était prise à ma personne. Sans compter leur attitude éhontée après qu'ils ont réussi à m'attirer dans leur loge, et leurs menées dans mon dos. J'aurais manqué de clairvoyance, c'est certain.

Il me semble cependant que mon juge d'instruction, ou l'avocate, auraient dû avoir la courtoisie de porter à ma connaissance les propos de mère. L'après-midi est assez avancé, n'est-ce pas, pour que l'entretien où elle était conviée à onze heures soit terminé. Sans doute aura-t-on souhaité recevoir son témoignage quant à la livraison de mon réfrigérateur. Je ne vois pas d'autre explication. Auquel cas il apparaîtra vite qu'il ne peut s'agir que du concierge. Car l'évidence est là : une fois en possession du double de ma clef, il n'a eu qu'à se donner la peine de venir lire au jour le jour, à mon insu, mes comptes rendus pour être au fait de mes projets. Et les devancer. Avec l'aide de la voisine du dessus. Le gant de petite pointure, n'est-ce pas.

Mercredi 3 (trois) novembre 1996
à 18 heures.

Le médecin chargé de mon suivi a exigé que je lui promette, c'est le mot, de reprendre dès aujourd'hui mes comptes rendus quotidiens avec la même rigueur qu'autrefois.

« Nous sommes le trois novembre, a-t-il poursuivi en me faisant ses adieux, ce qui signifie que le jour des défunts est passé. »

Je crains cependant de ne pouvoir aller plus avant dans mes écritures de ce soir. Je reste très défait de ma personne depuis que j'ai eu connaissance des développements de l'instruction.

Sans doute mère n'eût-elle pas été contrainte d'agir comme elle l'a fait si j'avais été différent. Différent. Je ne puis dire mieux.

DU MÊME AUTEUR

Aux Éditions Gallimard

VAGABONDAGES, Série Noire n° 2593

CHAPEAU ! Série Noire n° 2477

Aux Éditions de Minuit

TENDRE JULIE, 1992

Chez d'autres éditeurs

JUNKIE BOOT, Éditions Zulma, 2000

TOULOUSE DU ROSE AU NOIR (COLLECTIF), Éditions Autrement, 2000

LA JAVA DES ANCÊTRES, Éditions Sycomor.fr, 2001

Composition IGS.
Reproduit et achevé d'imprimer sur Roto-Page
par l'Imprimerie Floch à Mayenne
le 18 août 2003.
Dépôt légal : août 2003.
Numéro d'imprimeur : 57823.

ISBN 2-07-030211-3 / Imprimé en France.

124469